U0552868

炎炎消防队

英雄的登场

〔日〕绿川圣司 著

〔日〕大久保笃 原作／绘

杜妍 译

人民文学出版社

PEOPLE'S LITERATURE PUBLISHING HOUSE

著作权合同登记号　图字 01-2021-4140

图书在版编目(CIP)数据

炎炎消防队.英雄的登场/(日)绿川圣司著；
(日)大久保笃原作、绘；杜妍译.—北京：人民文学
出版社，2022
ISBN 978-7-02-015235-3

Ⅰ.①炎…　Ⅱ.①绿…　②大…　③杜…　Ⅲ.①长篇小
说-日本-现代　Ⅳ.①I313.45

中国版本图书馆 CIP 数据核字(2022)第 008767 号

责任编辑　朱卫净　李　翔
装帧设计　钱　珺

出版发行　人民文学出版社
社　　址　北京市朝内大街 166 号
邮政编码　100705

印　　刷　上海盛通时代印刷有限公司
经　　销　全国新华书店等

开　　本　787 毫米×1092 毫米　1/32
印　　张　5.875
字　　数　79 千字
版　　次　2022 年 3 月北京第 1 版
印　　次　2022 年 3 月第 1 次印刷

书　　号　978-7-02-015235-3
定　　价　39.00 元

如有印装质量问题，请与本社图书销售中心调换。电话：010 - 65233595

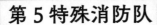

第5特殊消防队

武久火绳
中队长（第二代能力者）

以前是军人。冷静。选帽子的品味很奇怪。

茉希尾濑
一等消防官（第二代能力者）

以前是军人。脑袋里装的是一片少女的怀春田。

公主火华
大队长（第三代能力者）

居高临下的女人。称自己以外的人类为"沙砾"。

爱丽丝
修女（无能力者）

圣阳教会的修女。负责对"焰人"镇魂。

焰人

由原因不明的"人体自燃现象"产生，处于暴走状态。也有自我意识残留的罕见案例。

神秘男子

拥有操纵火焰的能力且不属于特殊消防队的神秘人物。

第8特殊消防队
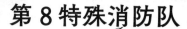

亚瑟·波义耳
二等消防官（第三代能力者）

自称"骑士王"。能制造出蓝色火焰的剑。

森罗日下部
二等消防官（第三代能力者）

在一场火灾中失去家人的少年，那场火灾被认为是由他的能力所引起，紧张时会露出奇怪的笑容。

秋樽樱备
大队长（无能力者）

新成立的第8队队长，人品正直。爱好健身。

第1特殊消防队

环古达

第1队新人队员。拥有神奇的能力。

大队长

率领第1队众精英的大队长。曾出现在森罗失去亲人的火灾现场。

人的死因多种多样。衰老……自杀……病故……

如今世上，最令人感到恐怖的死因是烧死……

从某一天开始，在全世界范围内突然爆发人体起火事件。这就是"人体自燃现象"。

那些人体自燃的受害者们会丧失自我，处于暴走状态，直到生命燃尽。他们被称作"焰人"。为了消灭"焰人"的火焰，并拯救他们的灵魂，一个消防队成立了。

它就叫"特殊消防队"。

目录

第0章　森罗日下部入队

太阳历一百九十八年。东京。

电车从驹込车站准点出发，一路哐当哐当地摇晃着，奔跑在高架铁路上。

车厢里空位很多，乘客之中有人读书，有人眺望窗外，各自打发着时间。

一个正坐在座椅上的女人听见"嗞嗞嗞"的声音，忽然抬起头来。

站在她眼前的是个中年男人。他抓着电车吊环，一股黑烟正从他的嘴里向外冒。

下一秒，猛烈的火焰顷刻间喷涌而出，吞噬了他的脸。

"哇啊啊啊啊啊啊啊！！"

火焰伴随着男人的尖叫蹿上天花板。

车内顿时陷入恐慌。

同一时间。

一个身穿立领学生服的少年奔向月台，他抬眼看向时钟。

（应该还来得及。）

他叫森罗日下部。

对于刚从训练学校毕业的他来说，今天是他首日出勤，一个值得纪念的日子。

第一天应该不会迟到了。就在森罗准备把心咽回肚子里的时候，车站突然传来了一阵尖厉刺耳的警报声。

"乘客您好，下面为您播报通知。于驹込站向田端站行驶的电车发生火灾！！该列车将于本站紧急停车。"

车站员的话音刚落，原本在月台上等车的人们同时拔腿向楼梯方向跑去。森罗不愿意加入逃亡大军，他一动不动地站在原地，注视着熊熊燃烧的电车逐渐驶近。

（火势居然这么大……）

火焰喷涌而出，吞噬了每一扇车窗。一个急刹车之后，电车停了下来，乘客们争抢着从打开的车门处逃离，跳上月台。

"是焰人！！"

"人体自燃出现了！！快下车！！"

"滚一边去！！"

月台陷入一片混乱，森罗注视着异常迅猛的火焰，"咕嘟"咽了一下口水，脸上浮现出一丝僵硬的笑容。

这种时候，为什么还笑得出来？——凡是见过森罗的人，恐怕都会抱有这样的疑问。

可那并不是笑容。他只要一紧张，表情就会变得僵硬，看起来像是在笑。这是因为过去发生的一场可怕的事故而染上的习惯。

"呃啊啊啊啊啊啊啊啊！！"

那个惨叫着的被烧焦的人出现了。

要是普通人，别说走路，恐怕早就当场丧命了。可他虽然烈火缠身，却还能自己走下月台。

这就是"人体自燃现象"。

（普通人突然起火，竟变成这副鬼样子。）

"喂！你在干什么?！快逃啊!!"

车站员举起灭火器，正准备将它对准"焰人"时，森罗死死地按住了他的胳膊。

"灭火器对他身上的火可起不了作用。"

"什么？"

森罗在一脸困惑的车站员面前卸下书包，蹲了下去。

"很疼吧……我这就让你解脱……"

就在森罗朝着"焰人"准备起身的时候，一个洪亮的声音响彻月台。

"特殊消防队来了!! 快点让路!!"

森罗转头看见特殊消防队迎面走来。他们身穿围着蓝色发光带的防火服，帽子的前面印着队伍的番号，一个大大的"8"。

是第8特殊消防队。

"普通市民请撤离! 这里很危险!!"

打头阵的是一名体格壮硕的队员，在他旁边的是一位黑发的年轻女队员。

（特殊消防队？还是"第8"番队……）

"快点让路！修女要来了！！"

森罗停下了动作，看见从刚才两人的后面，一个穿修道服的金发修女在一个戴眼镜的队员的引导下低调地向前行进。

显然，队员一共四人。

"发现'焰人'！全体队员准备战斗、灭火！"

体型壮大的队员对全队发号施令。他应该就是统领队伍的大队长。

"遵命！！"

剩下的三人齐声答道。

"你！别杵在这了，快点退后！"

大队长把森罗赶到后面，顺手放下布满垂直空隙的栅栏状防火面罩。那名修女正在他身旁待命。

"修女，请开始祷告。"

"是！"

修女将双手拇指的第一个关节紧紧靠在一起，剩余的指尖相互贴合摆出一个三角形。随后，她闭上双眼开始用平静的声音祈祷。

"火焰乃灵魂之吐息……黑烟乃灵魂之解放……"

祷告声中，戴眼镜的队员掏出了一把大口径的手枪准备射击。

"特殊灭火弹，发射！！"

一枚排球大的白色泡沫弹从枪口迸飞而出，在"焰人"面前炸裂开来，消防液四溅如雨下。

"焰人"不动了。

"核心歼灭盾锥准备！！"

"焰人"向顺势举起新武器的大队长伸出双手。

"呀啊啊啊啊啊！！"

一个直径约两米的巨大火球飞了过来。

"危……"

就在森罗喃喃自语的当下，黑发女人走到火焰前，伸出双手。她的手刚一碰到火球，火球就嘣地发出炸裂的声音，瞬间消失殆尽。

"火被灭掉了吗？！"

在森罗的惊叹声中，大队长穿过浓烟，一口气

逼近被消防液浇透的"焰人",手中的武器抵住了他的胸口。

"灰烬归于灰烬……灵魂啊……"

修女继续诵读镇魂之词。

"化为熊熊烈焰吧。"

大队长低声吟诵着并扣动了扳机。呲一声,一颗粗大的弹头飞出来,刺穿了"焰人"的胸膛。

"焰人"的胸前豁开了一个巨大的洞,转眼之间他就灰飞烟灭、踪迹全无了。

"拉托姆……"

队员们双手合成三角状,为哀悼"焰人"的死亡而唱诵着。

"好厉害……就是这个。"

眼前的一幕让森罗十分震撼。吧嗒、吧嗒。他闻声仰起头,只见飞溅的火焰烧断了电缆,修女头上那盏硕大的电灯正摇摇欲坠。

(她还没注意到吧?!)

就算现在狂奔过去,也来不及了。

可森罗仍旧不加迟疑地脚蹬地。

嘭嘭嘭嘭！

火焰从森罗的脚底喷射出来，瞬间将他的鞋子燃成了灰烬。

森罗像发射的火箭一样，擦着月台的地面，眨眼间飞奔到修女跟前，抱起她逃离了现场。

戴眼镜的队员这才意识到危险，开枪击飞了坠落的电灯。

差不多同时，那双被火焰包裹的双脚突然急刹车，森罗冲着怀中的修女露出僵硬的笑容。

"修女，你没受伤吧？"

"啊！我没事！！"

被公主抱的修女羞红了脸，点了点头。

"你是……"

森罗轻轻地放下修女，一旁戴眼镜的队员开口。

"到。"

森罗的双脚还微微残留着火焰的痕迹。他并拢脚跟，"啪"地举起右手行了个礼。

"抱歉没有及时做自我介绍，我是从今天起被分配到第8特殊消防队的第三代消防官，森罗日下部！！"

不远处，大队长一边观察着森罗，一边检查月台上他留下的黑色足迹。

"地面残留的煤灰……这就是传言中的'恶魔的足迹'吗……"

车站事件发生的几小时后。森罗赤脚站在第8特殊消防队教会的大楼前。

大楼的正面画着圣阳教的标志，一个交点四角有圆形缺口的巨型白色十字架。三角屋顶的最高处也竖立着同样的标志。大楼的旁边是车库，在车库上面高高耸立的厂房的最顶端，十分醒目地写着一个数字"8"。

要说这是个老式庄严的建筑物，倒也名副其实，但对于一个新成立的部队来说，多少有点寒碜。

"反正都要入队，分配到精英云集的第1番队

该多好。"

森罗抬头望着大楼，叹了口气，这时门从里面被打开，是刚才戴眼镜的那名队员。

"森罗，进来。"

"啊，是。"

他们在这幢古老的建筑中并肩走着，队员低声问道：

"嫌这里破旧吗？"

"不……没有……"

或许，刚才的碎碎念被他听见了。森罗感到一阵窘迫。他被带去更衣，换上了黑色的 T 恤衫和背带裤，穿上拖鞋，并把裤子的长度调整到可以露出小腿的位置。

随后，他来到大队长室。迎接他的是刚才对抗"焰人"时打头阵的那个体格壮硕的男人。

"打扰了。"

"哦！来了啊！我是第 8 特殊消防队大队长，秋樽樱备。"

梳着莫西干短发的大队长，竟两腿倒挂在约三米高的单杠上，爽快地朝他打招呼。

"至少在打招呼的时候，先把锻炼放一放吧。"

"这样啊。"

冷静的提醒过后，戴眼镜的队员将他犀利的目光转向森罗。

"武久火绳，破烂第8队的中队长。"

他好像还在为刚才的吐槽记仇。

"额……"

（中队长，有点可怕……）

森罗杵在原地，一时语塞。

"森罗。"

咚，樱备从单杠上翻身跳下，扭动脖子，骨头咔咔作响。他一脸不可思议地问道：

"你简历上的照片，为什么是笑着的？"

森罗右手敬礼，表情严肃地回答：

"回队长！非常抱歉，我有个毛病，因为情绪紧张导致表情僵硬的时候，就会不由自主地咧嘴笑。"

"什么？"

面对大队长的追问，森罗急忙重复了一遍。

"啊，不……我一紧张就会笑出来，脸不受控制！！"

"啊……嗯，我知道。"

樱备说着突然把脸凑到森罗面前，近距离目不转睛地盯着他。

森罗尽力保持表情严肃，但随着紧张的加剧，他的嘴角抑制不住颤抖，终于破功笑了出来。

眉毛吊起，眼神发力，可嘴角是上扬的，真是个难以言喻的特别的笑容。森罗满头大汗，能看出并不轻松。

"噗，哈哈哈哈！！"

樱备捧腹大笑。

"啊！抱歉抱歉！你小子真可爱。没少因此被人误会吧。"

"是的，我绝对没有瞧不起人的意思！！"

听了森罗的话，樱备再次大笑起来。

"噗，哈哈哈哈！！"

（"可爱"？不应该是"恶心"吗？还是第一次

听见有人这么说……）

就在森罗不知所措的时候，樱备终于一本正经地发话。

"那么森罗，你加入消防队的动机是什么？"

"回队长。"森罗深吸一口气，笑容僵硬地回答。

"我是来成为英雄的！"

樱备微微点头，嘴角显现出一丝笑意。

"立志当英雄可以，但消防队是一个集体！必须重视团结协作，懂吗？"

"英雄……我记得你因为幼年时期的一件事，在训练学校里被称为'**恶魔**'是吧？"

火绳中队长放下手中的资料抬头问道。对于他挑衅的口吻，森罗横了一眼，没吭声。

"我对打探别人的过去没什么兴趣……你难道不是因为风评太差，想扭转形象才来当消防官的吗？还有脸逞英雄……"

透过镜片，火绳的那双眼睛好像在对他评头论足。森罗咬牙抑制住了冲动。

（不管别人说了什么，我一定要成为英雄……）

"打扰了！"

两个年轻女孩出现在房间门口，打破了凝重的气氛。

金发蓝瞳的修女自称爱丽丝。她穿着胸前带十字架标记的修道服，双手套着白色的过肘长手套。

另一个军礼标准的黑发女队员叫茉希尾濑，她和森罗一样穿着背带裤，上衣是一件黑色的女士背心。

"刚才谢谢你！"

修女为森罗在车站时的英雄救美表达了谢意。

"没……没关系，这是英雄的本分！"

茉希看到森罗一面留意火绳的目光，一面用略带僵硬的笑容应答的那副姿态，咯咯地笑起来，犯起了花痴。

"果然是命中注定……"

森罗并不知道，茉希看上去是个高冷美人，其实脑子里却是一片少女的怀春田。就在刚才，她在淋浴室里用充满期待的眼神对修女说：

"刚才在车站，你被那个新队员公主抱的时候，有没有命中注定的感觉？"

话音一落，修女的手刀暴击就朝着茉希铺天盖地地袭来。茉希从修女手中逃脱出来，转向森罗说："裤子的长短还好吧？"

"茉希考虑到你的能力，特意把你的裤腿缩短了一些。"

樱备补充道。

"原来如此！谢谢。"

森罗低着头，不小心看到面前头发拢起的茉希从背心边缘露出的胸口，不自觉地立即挺身。

"谢……谢谢。"

他猛一起身，差点撞到身后的修女。

"啊。"

修女温柔地按住森罗摇晃的肩膀，问道："没事吧？"

"对不……"

森罗刚要转身道歉，发现鼻子受到一股甜甜的皂香的撩拨，脸上即刻浮现出灿烂的笑容。

"这就是美人出浴后的香气吗？"

一旁的樱备念起了画外音。

"才不是，我没有。训练学校里都是男人，我只是还没有习惯女人的存在而已！"

森罗急切地反驳道。

"那个……"

一直沉默不语的火绳不耐烦地插话：

"樱备大队长，是不是该……"

"好嘞，大家都到齐了，那就开始吧！"

说着，樱备横躺在桌子上举起了杠铃。

"呼哈！"

"现在是会议时间，没让你举铁。"

火绳抱着胳膊，面色不改地吐起槽来。樱备并没打算放下，他举着杠铃说道：

"人的死因多种多样。衰老……自杀……病故……如今世上，最令人感到恐怖的死因是烧死……"

这时他才放下杠铃，面向全队，义正言辞地继续他的讲话：

"在场的诸位，未来的某一天，或许也有人会发生这样的意外，这是生活在地球上的全人类共同的噩梦——人体自燃现象。"

队员们一动不动地听着。

"从某一天开始，在全世界范围内突然爆发人体起火事件。也就是第一代人体自燃的受害者们。这之后的第二三代受害者们获得觉醒，有了适应以及操纵火焰的能力。而丧失自我、祸及社会直到生命燃尽的第一代们被称作'焰人'，成为令人谈虎色变的存在。

"我们特殊消防队的任务就是扑灭'焰人'的火焰，拯救民众和'焰人'的灵魂……同时争分夺秒地揭开人体自燃谜团的真相。要时刻谨记，拯救人类于火焰的恐惧之中，就是我们的使命！"

听着大队长掷地有声的热忱发言，全队上下神情肃穆。

"新成立的第8特殊消防队的队员中，有两名是自身无法产生火焰但能操纵火焰的第二代消防官，有可以自身产生火焰并自由操控火焰的第三代消防官，还有我这种曾经从消防员晋升上来的无能力者，以及为'焰人'镇魂祷告的修女，共五名！虽然科学员和机械员目前仍然短缺，但是请大家团结一致，一起查明人体自燃的真相！"

出勤第一天，认识队员、熟悉教会、听有关设备的讲解，一转眼就到了晚上。

教会的一间宿舍里，森罗正躺在上铺看着天花板发呆。他想起了过去的事情。

"妈妈……"

被分配到心心念念的消防队，森罗脑海里浮现的却是和母亲还有弟弟一起度过的幸福日子，还有那场将一切毁于一旦的大火。

十二年前，森罗和母亲，还有刚出生不久的弟弟小象，三人生活在一起。

"妈妈！！我要成为超级英雄，保护妈妈和弟弟！我一定会成为英雄！"

母亲怀抱着还是婴儿的小象，微笑地看着气喘吁吁的森罗："真了不起！"

可是，那份幸福转瞬即逝。因为将森罗家吞噬的那场大火也夺走了母亲和弟弟的生命。

况且，当世人得知森罗是拥有自身起火体质的第三代之后，都将火灾的原因归咎于他，称他：

恶魔——

甚至连自己的祖母也当面叫他"**恶魔！！**"

"这么危险的孩子，我怎么可能收养他！！"

"这位奶奶，您孙子还在这儿呢……"

福利院的工作人员责备道。

"孙子……你知道这孩子干了什么吗?！你看看……你看看……"

祖母指着森罗，歇斯底里地说：

"你看看他这是什么表情。"

那时，森罗的脸上露出一丝笑容。当然，他并没有笑。只不过，过度的惊吓和压力将他的表情扭成了一副僵硬的笑脸。

森罗还记得。

（那个时候，除了我之外，还存在一个黑影……）

火灾现场，在熊熊燃烧的火焰之中，他确实看到了一个长着两只角的黑色"焰人"的身影。

（我会成为英雄……不，我必须成为英雄。然后，揭开那次火灾的真相！）

森罗又一次坚定了信念。

喂呜……喂呜……

警报的轰鸣响彻了整个教会。

森罗从床上跳起来，冲到走廊。

已经换好防火服的茉希边跑边说道：

"森罗！！'焰人'出现了！三十秒准备！"

森罗迅速到更衣室换好衣服并狂奔至车库，全员集合完毕。

"鸟越地区出现'焰人'！出动！！"

樱备的命令一出，森罗就钻进了俗称"火柴盒"的特殊装甲消防车。火柴盒是特殊消防官执行任务时使用的，一定的热度下也能安然如故。它配备有强力的警示灯，里面还囤积了大量的武器和救援工具。

车上有五名第8特殊消防队的队员。

特殊装甲消防车

俗称『火柴盒』

我一定要成为英雄

二等消防官
第三代能力者
森罗日下部

第8特殊消防队 大队长
无能力者
秋樽樱备

中队长
第二代能力者
武久火绳

修女
无能力者
爱丽丝

一等消防官
第二代能力者
茉希尾赖

第二代能力者中队长，武久火绳。

同样是第二代的一等消防官，茉希尾濑。

无能力者大队长，秋樽樱备。

无能力者修女，爱丽丝。

以及第三代能力者二等消防官，森罗日下部。

森罗坐在火柴盒的后座上，再一次陷入回忆。

那时森罗还很小。

母亲给立志当英雄的他做了一件大斗篷。

"看，做好了。"

母亲把斗篷紧紧地系在森罗的脖子上，森罗开心地叫着：

"太棒了！！

"这样我就能保护大家了！妈妈，快看！我像不像英雄？"

母亲看着舞动着斗篷摆出英雄造型的森罗，满面笑意地说道：

"嗯！太帅了！"

从那时起，森罗就一直立志成为真正的英雄。

只不过，森罗现在穿着的不再是斗篷，而是防火服。

"你成为英雄的机会来了。"

樱备说着将防火帽罩在森罗的头上。

森罗露出笑容,顿时觉得浑身热血奔涌。

(我一定要成为英雄。今天,就从今天开始!!)

"出动!!"

大队长一声令下,火绳中队长猛地踩下油门。

火柴盒载着第8特殊消防队的五名队员和森罗的决心,飞驰在深夜的城市里。

第1章　第一次现场

"紧急车辆通过！！"

除了用喇叭警示路人的司机火绳之外，其余四人面对面坐在后座上。

樱备大队长的防火面罩半掩着，正在对队员们说明火情。

"火灾发生在一个制作五金的街道工厂，'焰人'化的是厂长夫人，有一名工人受困。首先要救助那名工人，然后对'焰人'进行镇魂。因为是工厂，所以可能会发生设备跌落。大家小心！！"

森罗一面听着，一面将嘴巴咧成一道月牙，露出了紧张的笑容。

这是他作为第8特殊消防队队员的第一次行动。

抵达现场时，普通消防队正用水枪向起火的工厂喷水。

"看来消防队已经开始喷水作业了。水蒸气太强，能见度越来越差……"

"蓝线到了。"

先行抵达现场的消防队员对一脸阴云的樱备说道。

"蓝线?"

"说的是我们防火服上带子的颜色，所以我们被叫做'蓝线'。"

茉希解答了森罗的疑惑。的确，特殊消防队防火服的袖子、正身和下摆处都围着蓝色的发光体。

"这次的'焰人'似乎攻击性相当强。我们已经尽力控制火势蔓延，可如果无法将'焰人'镇魂……"

消防队员正在向樱备说明情况。

"请，请让我太太安息吧。"

一旁，身穿工服灰头土脸的中年男子含泪向修女恳求着。他就是厂长，那个化作"焰人"的女人的丈夫。

"'焰人'是被火焰吞噬的迷途之人……以伟大

的太阳神之名，给予垂怜……"

修女双手合十，平静地祷告。看到这一幕，森罗对自己要做的事情有了新的认知。"焰人"的镇魂，就是将曾经作为人类的存在，扼杀掉。

"纱惠子……"

要把那个嘴唇颤抖、忍着泪水的大叔的妻子……

（我能做到吗……）

"第8特殊消防队准备突击！！热气会上升，注意将身体放低！"

樱备的号令瞬间斩断了森罗心中的犹豫。

"遵命！"

森罗穿过左右开启的铁门，踏入了火场。

一时间，热浪从四面席卷而来。

嗷嗷嗷嗷嗷……

火舌四下流窜，森罗被眼前迅猛的火势所压倒。

"啊……放低身体……"

他想起大队长的指令，急忙降低身体。这时，一具烧得通体漆黑的尸体滚落到他跟前。

"好像是那个被困的工人……"

森罗感到呼吸越来越急促。

十二年前，在家中遭遇的那场火灾的记忆苏醒了。

"妈妈！！小象！！"

"啊啊啊啊啊啊啊！！"

在床上呼唤家人的森罗和那个惨叫着的被火焰吞噬了面容的人影。

（妈妈……）

森罗的脑海中浮现出母亲的笑容，一时间失去了意识。

"森罗！！你没事吧？！"

茉希的声音把森罗召回现实。

"啊……我……"

"你不是要当英雄吗？"

熊熊烈焰之中，戴着防火面罩的樱备，声音依旧通透有力。

"消防官不会对战友弃之不顾。一个人的落后就是集体的落后。环绕着我们周身的蓝色发光体就是在火焰和黑烟之中将同伴连结起来的纽带。绝对不可以斩断！！"

樱备所说的每字每句，都在森罗的心中回响。

"心存恐惧更能做出冷静的判断。但是，不要做胆小鬼。"

（连不抗火力的大队长都能只身闯入火海……我怕什么！！）

"没有问题。"

森罗回应道，脸上浮现出紧张的笑容。

嘭，就在这时，伴随着一声巨响，火焰腾空而起。

"'焰人'好像就在里面，茉希，拜托了。"

"全体队员，后退。"

烈火中，茉希按照樱备的指示走上前去，她朝前方伸出两手，掌心朝外，像蛙泳一样向左右两侧划动。于是，火焰配合着手部动作被打开了。

其余队员跟在张开双手的茉希身后，一起向工厂内部走去。

"第二代居然有这样的能力……"

行走在火焰之中的森罗不禁目瞪口呆。

"像茉希这样有能力的第二代并不多。"

说着，樱备注意到火焰发生了奇怪的动向，于是停下脚步。从中间被打开的火焰好像被什么东西吸走了一样，朝背后的方向流动。

他回过头，看见队伍末端的森罗背后站着一个烈火缠身的黑色人影——"焰人"正朝着森罗猛扑过来。

"森罗！！"

森罗闻声立刻用双臂护住自己的脸。可是，他还是被焰人释放出的火流席卷，后脑被狠狠地撞在墙面的铁管上，眼前变得漆黑一片。

"森罗！！森罗！！"

在逐渐模糊的意识中，队员们的呼喊声和十二年前烈火之中试图挽救他性命的母亲的声音重叠在了一起。

"森罗！！快逃！！快！！"

家被烧得精光，消防队员们正在现场核查。一个穿着特殊消防队防火服的男人牵着森罗的手站在一片废墟之中。一股微弱的黑烟从他赤裸的脚后跟处升起来。

"起火原因好像出在儿子森罗身上……"

远处围观的街坊邻居们都在交头接耳。

"看着就是个普通的男孩子……听说襁褓中的弟弟小象已经尸骨无存了……他妈妈也被烧死了。"

"好像叫第三代？看着平平无奇的，突然就能喷出火来。太可怕了……"

"快看！他脚下还冒着烟呢。"

偏见，无论在哪里都一样。

作为能力觉醒的孤儿，森罗被送到东京皇国的第一大企业——灰岛重工的孤儿院。他被迫套上了一双不大合脚的及膝靴子。

"这是防止火焰产生的控火装置。不会痛吧？"

"……嗯。"

森罗笑容僵硬地答道。研究员们看到森罗的笑脸不禁窃语道：

"瞧见了吗？刚才那个表情……杀了自己的亲人居然还笑得出来……"

"啊，我看见了。简直就是恶魔啊……"

森罗摇摇晃晃地走着，跌倒了再爬起来。他默默地攥紧了拳头。

"不是我……"

他笑着，泪水滚落下来。

森罗清楚地知道人们都将火灾的原因归咎于他。然而那时，他的确目睹了那个身影——一个长着角的"焰人"。

开始上学后，森罗周遭的一切依旧没有改变。

"日下部，不是之前把家人……"

"那个僵硬扭曲的笑容……真恶心。"

"恶魔……"

同学们的这些冷言冷语，有时是背着他说的，有时会故意说给他听。

不管是灰岛重工的研究员还是同窗，都称呼他"恶魔"。

那次火灾之后……

那一天起，森罗就再也无法正常地笑了。

"……恶魔！！喂！！恶魔！！"

远处，有声音飘过来。森罗努力睁开眼睛，看见了一道模糊的蓝光。是蓝线。

"起立！！恶魔！！"

有谁在抓着他的手。视野清晰后第一个映入森罗眼帘的是火绳中队长那副威严的面孔。

"亏你还有恶魔这么厉害的绰号！！难道就是个怂包吗?！"

"我昏过去了？几分钟？"

森罗问道，一面试图起身。

"大概五秒！没事吧?！能行的话就自己站起来！！"

森罗叉开双腿，挣扎着站了起来。

樱备开口道：

"还行吗？森罗。"

"是！！"

"好！全员准备战斗！二十一时十分，开始对厂长夫人'焰人'进行镇魂!!"

"遵命!!"

全体队员整装待发。樱备的声音从面罩后方传过来。

"森罗!!想必你很清楚,如果不击溃位于'焰人'心脏部位的核心就无法阻止她的行动……我和茉希去引诱她。你找准机会,用你的脚一击致命。但切记,不要逞强。"

森罗脱下拖鞋,赤脚踏在灼热的地面上,斗志随即燃起。

"遵命。"

"焰人"压低身体朝队员们步步紧逼。火焰从四肢的前端喷涌而出,头顶流焰倾泻而下,如飘飞的长发。

"待击准备完毕!安全装置确认完毕!"

火绳中队长端起手枪。"焰人"见状,敏捷地在火树丛生的工厂内部四下逃窜。

"跟白天车站里的'焰人'相比,这家伙好战且速度更快!!个体差异居然如此之大。"

森罗十分震惊。在他身旁，修女用平静的声音说道。

"她拼命地想要把我们逐出工厂……对这位夫人来说，工厂是个很重要的地方吧。"

森罗的脑海里再次浮现出厂长那张恳切的面容，"请让我太太安息吧"。

（所以，才要毫无痛苦地一击致命……就算是为了被留在世上的亲人……）

"焰人"突然转向，朝樱备冲了过去。体格上毫不逊色的樱备从正面奋力迎击，不料被"焰人"击中了面部，呼呼……冒烟了。

"烫死我了！！"

樱备一阵惨叫。茉希趁机把双手抵在他的后背上，越过他的身体操纵火焰。

嘭！

原本缠绕在"焰人"身上的火焰，仿佛被强风裹挟着一样，向后方涌动。樱备伺机而动，掏出战斧。

"二式改装消防斧，刺杀！！"

然而，"焰人"一招顶膝，完美地弹开了攻击。樱备和茉希一起退至墙边。

　　森罗冷静地注视着战况，调整好呼吸。

　　（我本该成为英雄，守护妈妈、小象和大家……）

　　他在心中念道。

　　（妈妈，小象，对不起。我没能遵守约定……但另外一个，我一定会遵守！！）

　　森罗瞬间睁大双眼，坚定有力地大喊：

　　"我不是恶魔！！我是注定会成为英雄的人！！"

　　（妈妈，我上了……）

　　在森罗内心深处，母亲好像听见了他的呼唤。她将斗篷紧紧地系在幼小的森罗的脖颈上，笑着拍拍他的肩膀。

　　"嗯，去吧。"

　　那时，森罗还可以正常地笑。

　　如今，不再拥有正常笑容的他，嘴角紧张地咧成一道弯月。他双手着地，做出蹲踞式起跑的姿

势，目视前方，大声说道。

"我上了!!"

火焰从森罗的双脚喷射出来，就像起跑前的赛车一样。

见状，火绳对修女说：

"修女!! 祷告!!"

"是!"

修女闭上眼睛，双手合十。

"森罗! 瞄准核心!!"

接到身后樱备传来的指令，森罗的脚猛力地蹬地。

他身体贴着地面，像火箭一样向前飞驰。风强烈的阻力拉扯着他的脸。

那次火灾之后，周围的人都叫他恶魔，暗地里嘲讽他那恶心扭曲的笑容。

可是，如今的森罗眼里只有眼前的"焰人"。

"火焰乃灵魂之吐息……"

修女开始祷告。

"黑烟乃灵魂之解放……灰烬归于灰烬……"

伴随着镇魂之音，森罗腾空转向，飞至"焰人"头顶的高处。火焰流泻，他扭转着身体，抬起右腿蓄力，准备出击。紧接着……

"灵魂啊！！"

他和着祷告声，猛然下落，随即凌空一脚，踏中了"焰人"的胸口。

"燃烧吧！！"

嘭，一声巨响，"焰人"的胸膛炸裂开一个巨大的洞。

核心被击穿了。

"好厉害……"

茉希惊叹道。

"这就是第三代的火力。"

"焰人"灰飞烟灭了。由于飞踢带来的强烈的后坐力，森罗在后方落地。他即刻双手合十，吟诵

起镇魂之词。

"化为熊熊烈焰吧。"

镇魂结束后，森罗归队。火绳把帽子罩在他头上说道："你落东西了。"是刚才头部遭到重击时掉落的防火帽。

"森罗！第一次出任务，很帅气啊！！"

面罩下的樱备开起了玩笑，茉希和修女也笑盈盈地看着他。

初次镇魂之后，心结尚未解开的森罗，眼中清晰地浮现出那日的记忆：

"太帅了。"

年幼的森罗披着斗篷，站在微笑着的母亲面前，高兴地举起两只小手。

森罗和队员们将灭火工作交接给普通消防队后，离开了正在喷水作业的工厂。

"修女。"

"焰人"的丈夫惴惴不安地问道：

"我……我太太……"

"您太太已经顺利地化为熊熊烈焰。森罗队员让她没有痛苦地安息了……"

"啊……"

森罗走到男人对面，想到已经把他的妻子化为了灰烬，笑起的嘴角不禁开始抽搐。

"谢谢，森罗队员……谢谢……"

男人泪流满面，紧紧地攥住森罗的手。森罗一时间不知所措。

许多附近的居民聚集在禁止入内的警示带外面，为森罗鼓掌称赞。

"辛苦了！！"

"消防官！谢谢！"

樱备来到森罗身旁，

"从今以后，你有的是机会接受这样的喝彩。这算是踏出成为英雄的第一步了吧！"

说罢，他轻轻敲了一下森罗的帽子，转身向火柴盒方向走去。

"喂，走啦。不要打扰灭火作业。"

火绳注意到森罗此刻的表情，对樱备说道。

"那个笑容，是什么意思……"

"嗯?"

樱备回过头来,看到森罗露出了一个不同于往常的朴实的笑容。他眼神温暖地注视着森罗,答道:

"开心的意思吧。"

第2章　恶魔、骑士和魔女

第8特殊消防教会。

在第8特殊消防队的大本营、这栋古老又威严的建筑物面前，站着一位身着立领的金发少年。容貌相当俊美。

他左手插在口袋里，右手抓着一个扛在肩膀上的大布袋子。

"哼。"

他抬着头，一双蓝色瞳孔透过长刘海的缝隙打量着面前的教会。

"即将成为我城堡的地方，原来就是这里……"

他自信满满地说道。不，应该说摆出了一副狂妄自大的神情。

"消防官新人大赛？"

大队长室里，听到消息的森罗追问道。

"嗯，是一项只限今年入队新人参与的技能

大赛。"

樱备笑着回答。他两手举着哑铃，在森罗面前上下挥舞。

"第8队决定派你和今天即将入队的另一名新人参加。"

"今天？新队员吗？！"

这是森罗的第一个后辈。除此之外，还有一件令森罗更为在意的事。

"那……大队长。大赛除了我们新人之外，各队的队长也会出席吗？"

"嗯！我也会去加油的。"

樱备把哑铃顶在额头上，轻而易举地掌握住了平衡。

"谢谢。"

森罗微笑着回应道，此刻他的心中萌生了一个期待。

（那么，那位消防官也会……）

导致母亲和小象离世的那场火灾发生后，曾经有一个消防官在废墟之中牵起幼小的森罗的手。他的防火服上写着代表第 1 特殊消防队的数字"1"。

如果是第 1 队的消防官，或许有人会知道那场火灾。

"要是能遇见就好了……"

森罗离开队长室，在走廊里边走边小声嘟囔。不料，眼前竟出现了一个他最不想见到的人。

"啊……"

"喂，恶魔。"

刚才教会门口的那个美少年盯着森罗，不屑地说道。

"为什么你这家伙会出现在第 8 队！臭骑士！"

森罗原本平静的面容瞬间露出狠色。

"我是来降魔的。"

少年的话再次激怒了森罗。

"有种你再说一遍，洋葱脑袋！出去干一架啊！"

就在两人针锋相对的时候，教会的屋顶上，茉希和修女正坐在野餐垫上进行着某项实验。

茉希借助火柴和酒精，在烟灰缸里点燃一小团火焰，双手将它托起。

"过来，扑哧扑哧。"

这一小团掌心大的火球优哉游哉地飘浮到半空中，表面上生出一双浑圆的眼睛和嘴巴。

"扑哧……扑哧……"

小火球发出一阵阵叫声。修女望着眼前的景象惊叹道。

"茉希果然好厉害！可以随心所欲地操纵火焰！"

"没有啦，毕竟我是第二代，和森罗他们第三代不一样，生火需要借助燃料。"

第二代虽然具备操纵火焰的能力，可是无法像第三代那样自己生火。

"但是，第三代也无法像茉希一样可以如此灵活地操纵火焰吧。"

修女将手指靠近扑哧扑哧。

"小……小心烫。"

就在茉希说话的当下，有人从顶楼的楼梯口破门而出。只见森罗和金发少年厮打着，气势汹汹地

冲了出来。

"今日我非要和你一较高下。"

森罗攥紧了拳头，脚后跟的火焰开始燃烧。他的对面，金发少年左手持剑鞘，右手拔剑指向森罗。

"我这就来告诉你，你和我火力的差距有多大。"

这柄剑的剑柄前端虽然带有圣阳教的十字架标志，可是没有剑身。

"一把没有剑身的剑？"茉希低声道，"话说，这人是谁？"

少年闻声转向茉希和修女，他的右手举着没有剑身的剑柄，左手搭在腰上，一副神气十足的姿态。

"我的名字是亚瑟·波义耳。骑士王是也！！诸位就是这座城堡里的公主吗？"

"欸？"

修女顿时目瞪口呆。

"欸！？公主？"

茉希一脸受宠若惊的神情。

"啊，今天入队的第三代消防官说的就是你吧？"

修女这才恍然大悟。

"森罗，你认识他吗？"

森罗皱着眉头回答茉希道：

"我们是训练学校的同学……"

这几年，大部分特殊消防官在分配前都会去参加训练学校的学习，同食同寝。对于森罗来说，亚瑟是他在训练学校时期的宿敌，二人常常发生争执。

有一回，森罗在同学面前揪住亚瑟的衣襟，愤怒地说："英雄更了不起！！"结果亚瑟回嘴道："骑士才更帅气吧。"

"我只不过说了句骑士也从属于英雄而已，这家伙就立即在'骑士'后面加了个'王'字！很卑鄙吧？"

"切。"亚瑟对着一边大声嚷嚷，一边指指点点的森罗发出一声冷笑。

"原来如此……"茉希困惑地看着唇枪舌剑的二人。

　　"装作一副冷酷寡言的样子，其实就是个傻瓜！就是因为他傻，所以才说不出话来！可是他……"森罗的肩头颤栗了一下。

　　"可是他？"茉希和修女异口同声地追问。

　　森罗噘起嘴巴，愤愤不平道：

　　"莫名地很受欢迎……"

　　"啊，重点在这儿啊……"

　　茉希点点头，表示赞同。

　　"明明我比他有志气多了！！"

　　"谁叫骑士更帅气呢。"

　　"啊！"

　　大意了，亚瑟竟忘记加上"王"字。森罗刚打算趁机吐槽。

　　"王。骑士王。"

　　亚瑟立即补充道。

　　二人依旧僵持不下。

　　"森罗？"

修女搭话道。

"森罗也很帅气哦。"

望着修女天真的笑容，森罗的脑海中回响起幼年时妈妈对他说的那句"太帅了"，不由得脸颊泛起一片潮红。

"母控。"

亚瑟吐槽道，好像会读心术一样。

"什么!？找死吗，混蛋!!"

"给我瞧瞧你那副生硬的笑脸吧，恶魔。"

"你说什么!？"

面对亚瑟的挑衅和讥笑，森罗露出一丝凶恶的笑意。就在这时……

"我想说屋顶怎么这么吵，所以过来看看，发生了什么？"

火绳手里握着纸杯，出现在楼顶上。他戴着一顶十分土气的帽子，上面写着"头皮按摩"。

"火绳中队长！"

茉希严肃地敬了个礼并说明了情况：

"新队员亚瑟和森罗据说在上训练学校的时候

就认识了……"

然而，比起茉希的话，火绳更在意她身边那个扑哧扑哧飘浮着的火球，他把手中杯子里的水一下子浇了上去。

"啊啊啊啊！！"

扑啾啾……扑哧扑哧发出了垂死的悲鸣，化作一团黑烟消失了。

"扑哧扑哧！！"

茉希尖叫着，泪水夺眶而出。火绳一把按住她的头：

"消防官禁止玩火。"

那眼神仿佛要将茉希生吞活剥一样，抵在她头上的那只手逐渐发力。

"是……是……"

火绳放下泪眼婆娑的茉希，转过身来对亚瑟说道：

"你就是亚瑟？"

"对，请多指教。"

亚瑟一副目中无人的态度答道。

"你这家伙，他可是中队长。"

显然，亚瑟把森罗的提醒当成了耳旁风。

"圆桌席上人人平等，不必在意。"

"你一个小喽啰也配说这话……"火绳面不改色地答道。

"罢了。新人大赛眼看就要开始了，我想先看看你们的实力。尽情展示你们的'能力'吧。"

说着，他把视线移向茉希。

"茉希，你来做他们的对手。"

"欸！？ 我吗？！"

茉希吃惊地问道。

"除了你，这里还有第二个'茉希'吗？"

火绳怒视着，又一次露出了那个生吞活剥的眼神。

"对不起……"

茉希匆忙摆正姿态，稍微活动了下肩膀，走到二人面前。

"欸？ 真打啊……"

森罗感到意外。

（虽说茉希是实力超群的第二代，但也不是我们两个第三代的对手啊……）

"我明明是来斩妖除魔的……"

亚瑟嘟嘟囔囔地抱怨着。

"中队长。"站在火绳背后的修女一脸忧虑地说道。

"茉希，她没问题吧？那两人可都是第三代呀。"

"没问题。"火绳斩钉截铁地回答。

"虽说最近训练学校毕业的新人越来越多了，但特殊消防队原本就是由来自三个机关的队员构成。樱备大队长所在的消防厅、修女从属的圣阳教会，以及我和茉希效力过的军队。别看茉希那副样子，但她深知如何击溃人类。"

"不用手下留情。"

茉希解开工作服的拉链，露出黑色背心。她站在仍旧迟疑未决的二人面前，双手握紧了拳头。

"那就赶紧开始吧。"

迅雷不及掩耳之势，茉希一记底掌击打中了森罗的下巴。

还不如请她放点水呢……

虽然力度尚小，但森罗还是感到一阵头晕目眩。

如果被她顺势抓住就不妙了。森罗立即脚底喷出火焰，蹿到了天上。不承想，那火焰却越燃越弱，森罗离地面也越来越近。

（要掉下去了……）

无力回天。砰，茉希朝着快要落地的森罗又是一记底掌击。

（开玩笑吧……）

森罗的身体从屋顶飞了下去，眼看要坠到地上。

"哇啊啊啊啊啊啊！！"

"茉希是不是有点过了……"

"森罗……"

面对神色骤变的修女和亚瑟，火绳冷静地分析着局势。

"别看森罗那副样子，他能够冷静地做出判断。

但他对于自己第三代能力者的身份过于自信了。作为对手，可以操纵火焰的第二代绝对不容小觑。"

火绳一语中的。森罗太过轻视作为第二代的茉希，结果自己产生的火焰反被他人所操控。

眨眼间，森罗快要逼近地面。他想到了死亡，嘴角浮现出那个僵硬的笑容。茉希停止操控，冲着森罗露出一抹轻松的笑意。

"得救了！！"

千钧一发之际，火焰涌出脚底。森罗奋力调整姿态，两脚踩在了地面上。

"还以为要死了……"

森罗笑着冒了一身冷汗。

此时，屋顶上那个将头发拢起露出前额的亚瑟正与茉希对峙着。

"我可不像森罗那么好对付。"

亚瑟一边说着，一边将没有剑身的剑横在身前。

"王者之剑。"

亚瑟挥剑，剑柄处立即蹿出青白色的火焰，化

王者之剑

（咻）

为剑身。他顺势发力蹬地，朝茉希逼近。

像与森罗对战时那样，茉希伸出左手，手指微屈，试图操纵火焰。但亚瑟手中的火焰之剑只稍稍摇晃了几下，剑身的形状并未发生改变。

"无法消除?!"

茉希的脸上闪过一丝不解。

"等离子切割吗?"

火绳低声道。

"等离子切割?"

修女歪着头追问。

"随着物体的温度上升，会按照固体、液体、气体的顺序变化，在这之上的高温状态就是等离子。亚瑟将自己的火焰转化为等离子从剑柄处喷射出来……也就是形成超高温、超密度的剑刃。"

火绳解释道。

"我的王者之剑，可不会像森罗的火焰一样被轻易削弱。"

亚瑟笑着，故意朝避开茉希的方向挥剑。

"骑士可不能让公主受伤。"

茉希敏捷地靠近，牢牢地抓住亚瑟持剑的右手，一脚踹中了他的后膝盖。亚瑟扑通跪在了地上。茉希按着亚瑟的肩膀对他说道：

"你忘记行骑士礼了。骑士难道不该向公主下跪吗？"

茉希面不改色地说道，随即抬起膝盖朝着亚瑟的下颌不留情面地一击。

"呃！！"

亚瑟摔了个四仰八叉。茉希居高临下地看着他，说道：

"对火绳中队长无礼，我来替他教训你。"

茉希对火绳一向敬重有加，她显然还在为亚瑟刚才的态度耿耿于怀。

亚瑟立即爬起来，他一条腿跪在地上，重新举起王者之剑。

"你！我看你不是公主，是食人魔吧！！"

扑哧！

居然被叫成传说中骑士故事里登场的怪物，茉希瞬间怒火中烧。怒气在她的体内涌动，肌肉紧缩，发出"咳嗞咳嗞"的响声。

"你说谁是独眼巨猩库克罗普斯？！"

库克罗普斯是希腊神话中出现的独眼巨人。茉希随意篡改了怪物的名字。

"我可没说！！听不懂人话吗？女食人魔！！"

亚瑟还嘴。

一旁观战的修女惊诧地说道：

"不愧是操控火焰的第三代……真会火上浇油啊。"

这时，森罗双脚喷射着火焰回来了。

"别忘了还有我呢！！"

怒气尚未平息的茉希目露凶光，死死地盯着森罗。森罗见状，又添油加醋了一番。

"欸？！你的表情为什么这么像食人魔？"

扑哧扑哧，断裂声再次响起。

"既然不能消除火焰！！"

茉希气得涨红了脸，她双手开始操控。森罗脚下喷出的火焰逐渐变形，露出了一双吊三角眼和一张怒气腾腾的嘴巴。

"这个烧得来劲的家伙是什么!?"

不光是森罗，亚瑟的王者之剑也发生了变化。

上面冒出了一对浑圆含泪的瞳孔和一张樱桃小口。

"我的王者之剑也?!"

茉希冲着叫嚷着的亚瑟大笑道。

"我看是草包之剑才对。"

"草包之剑……"

一点骑士的气概也没有。亚瑟只好可怜兮兮地认怂。

"森罗是'恶魔'，亚瑟是'骑士'……如果像形容他们一样形容茉希的话，那她应该是'魔女'吧……"

森罗听见火绳那不痛不痒的解释，忍痛嚷嚷着"我是英雄!!"

"扑哧扑哧，轰隆轰隆!!"

茉希双手交叉举过头顶。亚瑟剑上的扑哧扑哧和森罗脚下的轰隆轰隆越长越大，逐渐融合在一起。

"出来吧！！ 哄哄哄……哄哄……哄哄！！"

茉希张开双臂，三人的头顶之上顿时出现了一团直径数米的巨大火球。火球上的那张脸，眼睛溜圆，嘴巴成锯齿状，看起来像个昏昏欲睡的蠢萌的骷髅。不过能创造出如此之大的火球，茉希的能力着实惊人。

火绳和修女呆呆地仰望着那团烈火。

"还打吗？"

二人在茉希的怒视下交换了眼神。

"真没办法啊……如果亚瑟想放弃的话。"

"如果森罗投降的话……"

嘴硬二人组互相推卸着，宣告弃权。

屋顶的一端，森罗与亚瑟并排坐着，他咬紧后槽牙，眉头紧锁。

（可恶，居然束手无策……如果不能变强……如果不能变得比所有人强，就不能成为守护大家的英雄！！）

在他面前，火绳朝着那个巨大的火球举起了灭火器，一阵垂死的呜咽声响起。

"哄哄哄……哄哄……哄哄！！"

茉希号啕大哭起来。

这更令森罗震惊了。

（我竟然输给了如此变态的姐姐……）

第3章　消防官之心

"多谢款待!!"

森罗和亚瑟同时放下手里空荡荡的碗,里面连面汤都被一扫而光。

午休时,他们二人跟着樱备来到附近的拉面店吃午饭。

"真好吃!大队长。"

"嗯,那就好那就好!那家店味道一绝啊。"

回去的路上,森罗一边听着亚瑟和樱备的聊天,一边心不在焉地看着樱备的侧脸。亚瑟依旧不和长官说敬语。

(樱备大队长脾气真好。我朝他冷笑他不生气,不说敬语也……他到底发过火吗……)

"饭后不宜立刻锻炼……没办法,先做些文书工作吧。"

亚瑟仍然不说敬语。

"为什么不适合?"

"聚集在胃里的血液会因此分散，不利于消化。"

（那个笨蛋这么快就和人家混熟了……）

回到教会后，火绳将二人叫到装备室。

"这是给你们准备的七式消防战斧。"

这次分发的特殊战斧是特殊消防队的必备武器。所谓战斧，一般指的是斧和剑的合成物。而这把战斧是在步枪的前端嫁接一把斧子，斧子可以用来劈砍，扣动扳机，圣阳钉就会从前端射出。

"这就是七式战斧啊！"

拿着战斧的森罗显得尤为兴奋。火绳提醒道：

"射击前不要触碰击铁和安全装置。扣下扳机，圣阳钉就会从前端射出。"

一旁的亚瑟沉默地看着七式战斧，随后开口："我不需要这玩意儿。"他举起那把只有长长的剑鞘却没有剑身的剑，摆出一副架势。

"我有王者之剑。"

"的确，森罗和亚瑟本身就有'起火能力'，或许用不着七式战斧。"

樱备抱着胳膊倚墙站着，目光落在排成一列的武器上。

"我每次出任务都必须携带三十公斤以上的装备，维护也很费时间……要是第 8 队能早点来个机械员就好了。中队长身上的担子也能……"

"我倒是无所谓。"

对于樱备的好意，火绳表现得若无其事。他用手指推了推眼镜。

同一时间，入谷地区的住宅区的一间房屋内，一名身穿制服的少女刚放学回家。

"我回来了。"

少女脱掉鞋子进到走廊，她闻到了某种气味，开心地笑了起来。

"欸？今天爸爸负责做饭吗？烤肉的味道好香啊。"

与父亲相依为命的少女笑容满面地朝没开灯的客厅瞅了一眼，顿时愕然失色。

正端坐在客厅桌子旁的父亲，双手放在膝盖

上，火焰包裹着他的头，正熊熊燃烧着。

"不可能……为什么……连爸爸都……"

眼前的景象令人无法置信。少女的嘴唇颤抖着，身体越发僵直，最后无力地跌坐在地板上。

父亲那颗正被火焰吞噬的烧焦的头颅缓缓地转向女儿，他用嘶哑干裂的声音说道：

"欢……迎……回……家……美香子子子。"

喂呜……喂呜……

警报的轰鸣响彻了整个教会。茉希冲进装备室。

"入谷地区发现'焰人'！"

队员们赶忙坐上了火柴盒。

"这次起火的是一栋独立住宅。"

飞驰的火柴盒内，樱备一面确认装备，一面迅速下达命令。

"要考虑到在狭窄的空间镇魂的可能性。森罗，你的能力可能会受限，带上发给你的七式战斧。"

森罗注视并接过战斧，樱备随即又抛过来一条指令。

"把武器藏在防火服里！绝对不要暴露在公共场合！"

亚瑟目不转睛地盯着王者之剑，看上去像是在思考刚才樱备的话。

不久，火柴盒抵达了一个十分平常的住宅小区。

"现场真安静啊……"

樱备抬头看着被禁止入内的警示带围起来的住宅楼，低声说道。别说火灾了，仅从外面看上去，并觉察不到什么异象。

"亚瑟，头盔呢？"

茉希问道。

亚瑟没有带防火帽，而是将卫衣的帽子罩在了头上。

"用不着……"

他小声说着。

"'起火能力'中，形象也是很重要的。头盔与亚瑟的骑士形象不符。"

火绳解释道。

森罗不以为然，他瞪着亚瑟说道："不过是任性罢了！"

"有一个'焰人'！好像正坐在客厅的椅子上。"

"收到。"

接到普通消防队员的报告后，一种不祥的预感笼罩着樱备，他发令道：

"我听说最近现场经常发生一些奇奇怪怪的事情！绝不可掉以轻心！"

"遵命！！"

队员们齐声应答。距离他们稍近的地方，穿制服的少女正坐在马路边。多半应该是遗属。她披着毛毯，身体不住地颤抖，泣不成声地念着：

"爸爸也是……妈妈也是……为什么……下次连我也……"

"两年前，女孩的母亲也'焰人'化了……"

经过少女身旁时，火绳低声说道。樱备眉头一紧，惋惜道：

"这次轮到她父亲……真残忍啊……"

"樱备大队长……"

修女似乎想问是否能为她做些什么。

"现在就让她一个人静静吧。"

说罢，樱备在门前停住脚步。

"要进去了。"

一声令下，森罗和亚瑟各自举起七式战斧和王者之剑。樱备神色一沉，

"森罗，亚瑟，你们俩来一下。"

樱备表情严肃地将二人领进一条小巷子，走到一片没有人烟的空地上，正色道：

"时间紧迫，我刚才说过，不要把武器暴露在公共场合。"

森罗猛然想起来这回事，瞥了一眼手上的战斧，而亚瑟忿忿不平地回嘴道：

"为什么？消防官守则里没有这一条。训练学校也不是这么教的。"

说着，他把剑高高举起。

"王者之剑是我之荣耀，为什么非得偷偷摸摸

的藏起来。"

樱备的眼睛眨了一下，他轻轻吸了一口气，用安静却沉重的语气说道：

"我们特殊消防队的任务就是与'焰人'作战，歼灭他们。但'焰人'也曾经是人类……我们虽然借着镇魂之名，但其实是在杀人。"

听到这里，森罗、亚瑟以及紧随的队员们不自觉地挺直了脊背。

"特殊消防官里面，有些人自诩为圣职者，在与'焰人'的战斗中找寻快乐。可那些被留下的遗属的心情呢？战斗中被杀死的是他们的骨肉至亲。所以绝对不能把杀人的武器暴露在他们面前。做不到的人，我们第8队要不起！"

（的确，如果不体恤遗属，我们不过就是杀人魔而已！算不上真正的英雄！）

樱备的话再一次巩固了森罗的决心。亚瑟也神情庄严地凝视着手中的爱剑。

第4章　可疑的冒渎者

"没时间磨磨蹭蹭了，上！"

就在樱备准备出发的当下，噼啪，传来一阵玻璃碎裂的声音。

哄哄……

伴随着激烈的爆炸声，汹涌的火焰从现场这座独栋住宅的二楼窗口喷发出来。

它以巨大的空洞为目，嘴巴生出一排牙齿，头上长出两只角。显然，那团烈火已化成了一张凶恶的面孔。

第8队的队员们条件反射般地将目光聚集到茉希身上。

"不……不是我干的。"

茉希立即否认道。

火焰旋转着，仿佛在耻笑他们。接着，它又生

出第二只圆眼，伸出肥硕的舌头舔舐着嘴唇。

"火焰发生变化了?! 是里面那个'焰人'干的吗?!"

看着那团火焰做成的鬼脸，森罗目瞪口呆地说道。

"不是我干的。"

茉希再一次否认。

"火焰在嘲笑我们吗？很难想象没有自我的'焰人'竟能模仿到这种程度。"

火绳望着烈火，语气平静地说道。

"冲进去!!"

樱备一声令下，森罗和队员们踏进了屋内。

鞋柜上装饰着鲜花和玩偶，昏暗的走廊里，寂静无声。

只是个平凡无奇的寻常人家。

"真安静呐，像没有人似的。'焰人'真的在这儿吗？"

"报告说好像在客厅。"

火绳解答了樱备的疑惑。

"刚才那团骷髅一样的火焰，或许和最近频发的事故有什么关联。大家小心行事！"

樱备的话让森罗越发紧张。他的嘴角翘起，不自觉地咧出一个笑容。

"这里就是客厅。"

樱备看见那名"焰人"正坐在椅子上。他那张被火焰包裹的脸，面朝队员们，以示欢迎。

"你……你们……来……了……"

"'焰人'已确认……"

樱备冷静地念出行动用语。站在他身旁的森罗看到眼前这幅异样的场景，大为触动。

"他就老老实实地坐在那儿……"

亚瑟的前额汗珠涔涔，他直直地盯着'焰人'那颗被火焰包裹着的头颅。

客厅进门处的柜子上，在小熊玩偶和一小颗仙人掌的中间摆着一张全家福。一个约莫小学生年纪的女孩子站在父母中间，笑盈盈地摆出胜利的手势。

"为什么会发生这样的事……"

看着照片，樱备流露出不忍的神色，喃喃道。

"让我去镇魂吧。"

说着，亚瑟向前踏出一步。

"等一下，那个'焰人'还什么都没有做。"森罗阻止道。

亚瑟一反常态，神色严肃地回绝道：

"蠢货！！那位父亲坐在那里，忍受着常人无法想象的烈火焚身之痛！早点让他解脱吧。"

森罗一时语塞。

"亚瑟，开始吧。"樱备下令。

亚瑟拔剑出鞘："不能让他再承受更多的痛苦了。借我的王者之剑，安息吧。"

修女双手合十，开始吟诵镇魂之词。

"火焰乃灵魂之吐息……黑烟乃灵魂之解放……灰烬归于灰烬……灵魂啊。"

亚瑟瞄准核心，剑的尖端径直从后方穿透了"焰人"的身体。

"化为熊熊烈焰吧。"

"焰人"丝毫没有挣扎。被亚瑟的王者之剑刺

穿核心的瞬间，他喊出了女儿的名字，

"美香子。"

随即灰飞烟灭了。

"拉托姆。"

森罗双手合十，仍觉心中一事未解。

（这样的现场，不就是单方面的杀戮嘛……）

"难受吗？"

樱备问道。

"是的……对我来说……"森罗老实地回答。

樱备双手合十，继续说道：

"现在这样就好。总会有不得不做的时候。习惯杀戮才是最可怕的……就这份工作而言……"

镇魂结束后，队员们准备撤离。这时，森罗注意到了一个细微的声响，他仰起头。

只见黑色沙砾正顺着天花板和墙壁的缝隙渗漏出来。

那是什么？就在他试图弄清楚的时候，

嘭嘭嘭嘭嘭嘭嘭！

天花板和墙壁的交界处轰然断裂。支撑天花板的墙壁分崩离析，眼看就要跌落下来。

"快点疏散!!"

森罗和队员们按照樱备的指示从客厅向走廊撤离。然而，不知为什么，樱备却朝着相反的客厅方向跑去。

"大队长——"

森罗吃了一惊。他僵硬地笑着劝阻道。然而，樱备却义无反顾地径直奔向客厅，拿起柜子上的相框，准备折回走廊。这时，天花板终于支撑不住塌了下来。

砰砰!

森罗眼睁睁地看着樱备被压在了天花板下面。

"大队长!!"

森罗呼喊着，脸上依旧挂着那个僵硬的笑容。

过了一会儿，浓烟散尽。森罗见樱备一只手捂着相框，另一只手撑起天花板，顿时松了一口气。

"虽然不知道是谁在捣鬼，我可是每天都坚持锻炼的。"

樱备怒不可遏地说道。

"玩笑开得太过火了吧！！"

一向温和的大队长竟爆发出鬼神一样的魄力，这让森罗和亚瑟感到一阵颤栗。

他们一动不动地等待着樱备归队。

"大队长……您受伤了吗……"

樱备对前来问候的茉希轻轻地点了点头：

"没事。"

"或许是哪个心怀鬼胎的第三方盯上了消防官……"

"现场是遗属对回忆的寄托，我绝对不会原谅破坏这里的人，一定会抓住他！"

樱备咬牙切齿地对火绳说道。

"现在先撤退。"

亚瑟将王者之剑藏进防火服里，尾随着队员们离开了现场。

住宅门口，刚才的那位少女仍在恐怖与不安之中颤抖着。

"有一天……我也会烧着的。爸爸……妈妈……"

"这种时候，该和她说些什么好呢……"

修女为自己的无能为力而感到难过。

"我只会向神灵祈祷……"

"美香子小姐……"

樱备走到少女面前，俯身蹲下，将从客厅里抢出来的相框亲手交给她。

"令尊勇敢地与火焰抗争，而且取得了胜利……想必就是令尊和令堂将你从火焰手中保护了下来！我是这么认为的。"

少女紧紧地抱住相框，眼泪大串大串地滚落下来。

"爸爸……"

樱备站起来，背过身去。

"对不起。我什么都没能做……"

森罗诚实地说道:

"我们能做的只有这些。"

和森罗一样,樱备的脸色也异常凝重。

"正因如此,我们才应该尽可能地体恤遗属,冲入火海中祈祷。是这样吧,修女?"说着,樱备拍了拍修女的肩膀。

"是……"

修女双手合十,小声答道。

(为了不再发生这样的悲剧,必须查明起火原因……)

森罗暗暗发誓。

(我……我们一定会早日阻止人体自燃现象发生的!)

就在队员们整理后续工作的当下,稍远一点的小巷里,有个男人正目不转睛地注视着现场。他穿着黑色背心和白裤子,左眼遮着一块卷起的黑色头巾,头戴黑色礼帽,嘴里叼着一支香烟。烟尾飘出的一缕雾气在空中画出了"Joker"(小丑)的字样。

"特殊消防队那帮人，真是一身焦臭味。"

男人嘀咕着，嘬了一口烟嘴。烟雾团团旋转，不一会儿又化成了队员们刚才见到的骷髅的样子。

男人撇嘴一笑，自言自语道：

"这只是小小的玩笑罢了。"

第5章　消防官新人大赛

消防官新人大赛，当日。

"哇！！新人大赛开始了！！"

会场前，森罗张开两手，一副干劲十足的样子。

"环古达，要大显身手了！！"

森罗旁边，一个新人女消防官叉着腰大声喊道。她看上去似乎和森罗的年纪差不多，可她的装扮却让森罗一度怀疑起自己的双眼。她将背带裤的护胸解开，垂在身前，露出黑色的比基尼上衣。

这位扎着双马尾的消防官似乎感受到了来自森罗的视线。她狠狠地瞪着森罗，怒气冲冲地说道：

"啊？往哪瞅呢？臭小子。"

"没什么。"

这人是谁啊……森罗并不想和她扯上关系，于是匆匆避开视线。

森罗和茉希、亚瑟会合后，三人一起进入了会场。迎接他们的是三只人偶。这三只人偶虽然比森罗他们还高大一些，却是二头身，总之脑袋很大。他们穿着防护服，带着防火帽，帽子上分别写着"1""1""9"这三个数字。

中间写着"1"的狗和右边写着"9"的猫还勉强认得出来，令人不解的是左边写着"1"的那位。怎么看都是一张寒酸的中年男人的脸。

"哇……里面混着一只奇怪的人偶。"

森罗不自觉停下脚步。

"119！"

茉希在一旁开心地说道。她今天不参加比赛，所以并没有穿防火服，而是穿着紧身短裙的制服。

"你没见过吗？这是消防厅的吉祥物119！"

"里面怎么有一个大叔？"

森罗问道，露出鄙夷的神色。

"啊！你说小守？"

茉希得意地答道。

"最初是两狗一猫的组合，结果消防厅高层抱怨说'队员全是动物不太合适'，所以就把其中一个改成狗狗脸的大叔了。顺便介绍一下，小狗是莱斯君，小猫叫小Q。"

听了茉希的冷知识，森罗叹了口气，

"两狗一猫不是挺好嘛……高层的要求，通常都很奇怪……"

茉希嚷嚷道：

"欸？明明是小守更可爱！"

（果然是个变态的姐姐啊……）

"重量级嘉宾也来了。"

茉希指着运动场一端支起的简易帐篷，开始为森罗介绍来宾。穿西装的男人是灰岛重工的社长，在他旁边，独自坐在豪华座椅上的是圣阳教会的司祭。此外，坐在那里的还有一个穿着白大褂、眼神凶恶的男人和修女等人。

然而，有一件事更令森罗在意。

为了打听十二年前的那件事，他一直在寻找第1队的消防官。

刚才面前经过的都是第3队和第5队，完全看不到第1队的身影……就在这时，一个穿着第1队防火服、体格健壮的消防官恰巧经过。他的头发被束在脑后，右眼戴着眼罩。

"那个人……"

森罗有一种似曾相识的感觉。那个人的侧脸和当时火灾现场与自己牵手的那个消防官很相像。

不会吧……森罗还是大胆地开了口：

"对不起。"

"嗯？"

对方停住脚步，转过身来。那是一张温柔的面孔。

"有什么事吗？你是今年入队的新人？"

"是！"

真是个又有魄力又温柔的人啊。森罗向他敬了个礼。

"我是第8队特殊消防官，森罗日下部。"

对方神色微动。

"那个，冒昧的问一句，您还记得十二年前的那场火灾吗？"

还没等森罗进入正题，那名消防官就转身走

开了。

"我现在没有时间陪你聊天。抱歉。"

"欸……占用您一点时间就好!"

森罗正准备追上去,刚才那个叫环的女队员张开手拦住了他。

"臭小子!!谁允许你随便跟第 1 队大队长搭话的?"

森罗刚伸出去一半的手刚好落在了环的胸口上。

"啊!!不是!!对不起!!"

森罗内心一阵恐慌,他急忙松开手,挤出了一个笑脸。

"笑什么!变态!!"

环瞬间涨红了脸。森罗躲开她,接着去追赶第 1 队的大队长。

"占用您一点时间就好!"

结果,森罗又和前来阻止他的环撞了个满怀,两人抱在了一起。

"可恶,'被吃豆腐'体质居然在这个时候启动了……"

环一边莫名其妙地悔过着，一边趴在地上痛哭流涕。

"知道你是来挡道的，没想到真被你拦住了……"

羞愧和怒气使森罗面红耳赤，身体不住地颤抖。这时，大会广播宣布比赛开始。

"比赛马上就要开始。请各位参赛队员穿好防火服后集合。"

"森罗队员是吧。"

第 1 队的大队长对他说。

"你知道每年有多少起火灾吗？抱歉，十二年前的事情我早就忘了。比赛要开始了，快去准备吧。"

森罗注视着他离开时从容不迫的背影，心中升起一丝疑惑。

（那个大队长，好像在隐瞒着什么……）

森罗赶到集合地点，抬眼望去，眼前是一幢参天竖立的建筑物。

看起来虽然和工厂差不多，但建筑物的旁边延伸出粗大的管道，入口的上方装着一个巨大的探照灯，屋顶上方悬着一架吊车。总之，这是个由一堆乱七八糟的物体组合起来的奇妙建筑。

亚瑟兴致勃勃地说：

"原来如此，是攻城战啊！"

"不是让你硬攻吧。"

森罗一边吐槽，一边看向建筑最上层的那个戴着白色面具正在挥手的人影。

裁判消防官开始解说规则。

"下面，请各位一起冲入眼前这个模拟火灾现场的建筑！冲破障碍，救出受困者后，以最快的速度赶到扮演'焰人'的队员身边！"

森罗向旁边瞥了一眼，看见一个体格壮硕的第2队新人捂得严严实实，只从防火服的领口和帽子的缝隙里露出眼睛，嘴巴一直不停地嘟囔：

"火好可怕，火好可怕，火好可怕……灭掉它！一定要灭掉它！"

而刚才那个叫环的消防官正怒气冲冲地盯着他。

（其他的新人都拥有什么起火能力呢？）

不管怎样，我都应该是最为有利的。

"最快速度找到'焰人'，将其镇魂！准备好了吗？"

裁判打了个响指，从指尖处喷出一小簇火焰。

"开始！！"

各队新人纷纷朝着建筑物的方向奔去。森罗不紧不慢地目送着他们的背影。

"以我的能力……直接飞过去就好了！！"

说着，瞬间腾空而起。

"卑鄙，所以才叫恶魔吧……"

亚瑟发牢骚道。

"可恶！！"

环看见森罗飞速抵达了最上层，立即开始释放能力。从她头上生出的火焰化成了两只猫耳，而腰两侧延伸出的则像两条被一分为二的尾巴。她的起火能力叫做"猫妖"。

森罗轻蔑地看了一眼还在地上的新人们，说道：

"英雄向来都是从天而降的！！"

森罗从一个没有玻璃的窗户踏进了建筑的最顶层。

"打扰了……"

大楼内部，管道和卷帘门都裸露在外面，看起来像一个封闭的工厂。

"赶快结束大赛，找第1队的大队长问个清楚吧。首先，要找到受困者……在哪里呢？"

森罗左右环视着向深处走去。

"有人吗！！有幸存者吗？！"

话音刚落，他就在转角处发现了一个人影，那个人脸朝下倒在地上，脑袋旁边还掉落了一张白色面具。

"欸？这个人不是扮演'焰人'的……"

刚停下脚步，森罗就看见另一个扮演受困者的队员被人掐着后脖颈丢在地上，昏迷不醒了。

肇事者是一个叼着细烟卷的长发男子。这名穿着黑色马甲、戴着黑色帽子并遮住左眼的男人正是在住宅区的火灾事故中操纵骷髅火焰、观察森罗他们一举一动的始作俑者。当然，这些森罗无从得知。

"碍事的家伙我已经都料理好了。专心对付我吧，'恶魔的足迹'。"

男人冲着森罗露出轻蔑的笑容，烟雾从烟卷的前端悠悠地飘出来，在他的头上灵巧地扭成了纸牌花色的形状。

"什么？"

森罗一头雾水。

接着，男人再一次语出惊人。

"你不好奇……十二年前发生在你身上的那起火灾吗？"

第6章　恶魔与JOKER

"什么?!"

森罗的脸上浮现出僵硬的笑容。虽然他还没搞清楚状况，但男人的话显然已经发挥了作用。

"十二年前的火灾？你在说什么……"

"不想知道吗？害死你母亲和弟弟的那场火灾发生了什么？让你背负恶魔罪名的那天又发生了什么？"

"你是怎么知道的?!你在这里做什么?!你到底是谁!!"

森罗一边连珠炮似的质问，一边拼命地思考着。

（这人是谁？是这场比赛的目的？为了让我们能够应付紧急事件？那么，那些队员们的演技？不对……）

森罗否定了自己的想法。倒下去的队员们并不像在演戏。

（总之，他为什么会知道十二年前的事？这太奇怪了……）

这个人很危险，这是森罗唯一能确定的。他站在原地，大声说：

"离他们远点！！"

"啊？什么？比起火灾，你更在意这两个人啊？还真是消防官啊……"

男人一副轻蔑的口气说道。紧接着，他脸色突然严肃起来，"好吧，看来你的注意力还是不能只放在我身上……"他从烟卷的前端吹出一团火焰，火焰瞬间变成了纸牌的形状。他用指尖夹住，又一次露出恶魔般的笑容。

"那么，我就杀了他们吧。"

"住手！！"

森罗燃起脚底的火焰，压低身体奋力地冲向那个男人。男人挥起胳膊，试图把火焰纸牌丢出去。森罗左手触地，以此为轴，转身右脚用力一击。他的脚掠过男人的指尖，纸牌火焰消失了。

"哦。"

男人发出一声赞叹。

森罗随即用头顶地，来了一个霹雳舞回旋，又借力使出了一记扫堂腿。

"哎呀。"

男人轻轻避开。森罗僵硬地笑道：

"关于那场火灾，你到底知道什么？快说！！"

"让我尽兴了，我就告诉你。"

男人把手伸进口袋，从里面掏出一个装有黑色粉末的小玻璃瓶，打开盖子。

"那么就看看你能接我几招吧？"

（那是什么？沙子吗？）

男人摇晃了几下，粉末从瓶子里径直地飘到森罗面前。噼里啪啦，火星四溅。下一秒，火星触发了一场大爆炸。

吭！

"什么?！"

森罗被爆炸的冲击波向后推出去很远。他燃起

脚上的火焰、调整好姿态后，男人跃入了他的视野，朝着他的脸用手肘猛烈击打。

这时，黑色粉末乘胜追击，又朝着跟跟跄跄的森罗逼近了。这次爆炸比刚才还要剧烈，森罗想尽办法用双臂护住自己，向后方飞去。

男人借爆炸产生的火焰点燃了一支新的烟卷，他做了几张纸牌形状的火焰，一张接一张地丢向森罗。

为了抵抗攻击，森罗想将身体蜷缩起来，但其中的一张纸牌恰好击中了他的左臂，他一下子跪在了地上。

森罗按着胳膊，忍受着剧痛。而男人，又带着新的纸牌出现了。

"什么嘛……居然这么没劲……"

他居高临下地看着森罗，露出鄙夷的笑容。

"杀了你吧？"

从他的眼神中，森罗读到了活生生的杀意。

森罗吓得胆裂魂飞，一抹无比僵硬的笑爬上了他的嘴角。那简直就是恶魔的微笑。

"他……他会杀了我……"

"欸，你的表情真可怕啊。"

男人微笑着灭掉了纸牌，把手伸进口袋里。

"在这种情况下还能笑得出来……比我想的要了不起嘛。作为奖励，关于那场火灾的真相，我就给你一个提示吧。"

（什么？）

居然捡了一条命，就在森罗感慨幸运的同时，男人吐出了一句令他意想不到的话。

"你的弟弟……现在还活着。"

"什……什么？！"

森罗瞬间怔住了。他的脑海里闪过了弟弟天真的小脸和他在妈妈怀里幸福酣睡时的样子。

"我的弟弟……小象还活着？"

惊讶过后，森罗激动地逼问道。

"怎么回事？！小象不是被烧得尸骨无存了吗！？如果他真的活着，火灾之后的这些年他去哪儿了？那个时候，他还只是个一岁的婴儿啊！"

"有人隐瞒了某些事吧？"

男人平静地答道。

"你让我怎么相信你？！"

森罗难以抑制激动的心情，脚底忽地喷出火焰。然而……

虽然只是直觉，但森罗觉得第1队的大队长隐瞒了某些事情。如果那个时候心中的疑问是真的呢？

男人仿佛看穿了森罗的内心，他轻蔑地笑着说："怎么？是不是想到什么了？"

"即便真是这样，为什么你会知道？为什么要告诉我？！你到底有什么目的？！为什么要专程跑到这里来？！"

森罗怒视着，抛出了一个又一个问题。

"对我这么感兴趣吗？！好吧……看在你还挺有前途的分儿上。"

男人叼着烟卷，从容不迫地继续说道。

"而且看你的样子……你应该是想到什么了吧？开始怀疑特殊消防队了吗？死的可是母亲，非同小可。想知道真相吧？那么……"

从男人叼着的烟卷前端，一缕烟雾仿佛有意识一般飘了出来，写下了一串文字。

"HERO OR DEVIL"

男人用恶魔般的口吻低声说道："放弃特殊消防队的英雄扮演游戏，来寻找真相，和我一起成为恶魔如何？"

森罗不屑道："你让我在消防官和恶魔里面选一个？"

他指着男人说道："别开玩笑了！不管你知道了什么，都无法改变你袭击了两名消防官的事实。"

其实，森罗的内心早已一片混乱。

（弟弟……小象还活着？！不管这个奇怪的

家伙说些什么，都不能轻易相信他……如果是这样……）

"我要揍飞你，把你抓起来！"

森罗喷出火焰，朝着男人腾空而起。

"什么嘛……真令人失望……"

男人遗憾地自语道，接着单手轻而易举地挡住了森罗右腿的攻击。

"就你这飞踢……全是破绽。"

森罗一下子失去了平衡，脸上浮现出一抹笑容。

正当男人准备从右侧给森罗一拳直击的时候，浮在空中的森罗利用脚下的火焰改变路线，左脚踹向了男人的脸。

男人立刻用胳膊挡住了攻击。森罗在空中翻腾，用回旋踢一次次破除了男人的防御。

他喷射出火焰飞到天花板的近处，猛地提起腿，像导弹一样奋力冲向男人。

"英雄当然要用飞踢！！"

嘭！！

男人避开了。这一踢给铁制的地板砸出一个大坑。

男人看到森罗的火焰燃遍了整个楼层，开心地笑了起来。

"挺厉害的嘛！这才是恶魔的火力！！"

此时，在建筑物的外面，前来助威的樱备一行人正向茉希询问森罗和亚瑟的情况。

茉希回复道："森罗从空中一跃到了领先的位置，亚瑟用王者之剑劈开墙壁后也闯了进去。"

站在第8队队员面前的是刚才那个不停嘟囔着"好可怕好可怕"的第2队新人。他正因为无法进入大楼而一筹莫展。

"为什么……火实在好可怕，要是身边有消防队在，他们会立刻把火灭掉让我放心的！！所以我才加入消防队的啊！！"

"破坏兵器那家伙……如果好好使用自己的能

力，就能发挥超强的战斗力……还是不行吗？"

第2队的大队长忧心忡忡地在一旁注视着。这名大队长能从头顶释放出火焰，所以脑袋上寸草不生，胡子反倒十分茂盛。

这时，新人的双手突然喷出了火焰。

"着火啦！！"

新人尖叫着。火焰好像漫无目的的导弹一样，四处喷飞。

"太可怕了！！滚开！！"

火焰弹一个接一个地击中大楼，墙壁开始崩塌。

"呜哇！什么！？要爆炸了吗？！"

正走在楼内地道里的亚瑟被掉落的墙壁击中。紧接着，由于爆炸的影响，天花板跌落下来，一起掉下来的还有环。

"呜哇！地板……"

还没来得及躲开，亚瑟就被环压在了下面。

"啊，吓死我了。"

环平静下来。亚瑟朝着坐在自己脸上的环说道：

"我可不是骑士型坐垫！快点下去。"

"你怎么跑到我下边去了，大变态！"

环慌慌张张地跳起身，拳头像雨点一样落在亚瑟身上。亚瑟一边防守一边说道：

"我也不是骑士型沙袋！"

二人姑且结伴抵达了最上层。突然，伴随一声巨响，迅猛的火焰将面前的大门席卷而去。

"小心！！"

亚瑟立即向前伸出右手护住了环。

"我也是消防官，不需要你保护我。"

环流露出不满的神色。亚瑟瞳孔闪烁了一下。

"因为我是骑士。"

环无动于衷，直直地盯着前方。

"前面有股让我很不舒服的气息，充斥着危险的气味……"

听到这儿，亚瑟立即撤到一边，给她让路。

"女士优先，请！"

"你的骑士道还真是古板啊。"

亚瑟的行事作风十分让人捉摸不透。环神色微妙地继续向前走。

"现在正在比赛，所以我倒是很感谢你让着我……莫名其妙的家伙。"

当环踏入那道被吹飞的门的另一侧时，纸牌状的火焰突然飞袭而来。

"小心！！"

亚瑟迅速拔出王者之剑，击落了火焰。

"是我太磨蹭了吗？"

谜样的男子无精打采地嘀咕道。

"碍事的家伙又来了。"

"让你久等了，'焰人'演员！！"

也不知亚瑟是不是没搞清楚状况，他举起王者之剑，又一次挡在了环的身前。

环一脸困惑地嘟囔道："搞半天还是要冲在前面啊……"

"亚瑟！！和第 1 队的……"

森罗发现二人的身影，大声喊道。

"亚瑟！！比赛场地内有可疑人物入侵！两名队员遇袭负伤！我来抓住这个男人！你快去外面向队长报告！"

"什么?!"

亚瑟飞快地冲了过来，撞了森罗一下。

"别撒谎了。赢的人只能是我，一边去。"

"什么?!"

森罗急忙重复了一遍。

"这种时候我怎么可能撒谎！这家伙可是个超级危险的人物！！快去报告！！"

然而亚瑟依旧冷冷地看着森罗，完全没有要相信他的意思。

"为了胜利，你居然用这么下三滥的手段。真是第 8 队的耻辱啊！"

"啊啊啊啊啊啊啊啊，笨蛋骑士！！"

森罗抱头狂叫，但亚瑟还是无动于衷，他猛地一蹬，向男人逼近。

"我来拿下他。"

王者之剑剑落如雨下，男人却手插着口袋，脚步轻巧地避开了攻击。

"凭你这么乱挥就想抓住我了？"

"闪开！！"

环推开亚瑟，冲到了男人面前。

"别忘了还有我！！"

她两手和膝盖贴着地面，摆出猫在起跑前的姿势，启动了猫妖。火炎猫尾伸向前方，缠住了那个优哉游哉的男人的双脚。

"抓住了。"

就在环对胜利深信不疑的时候，黑色粉末飘了过来。

"小心！！"

森罗瞬间蹬地起飞，扑向环，将她带离原地。

随即而来的大爆炸将二人重重地推了出去。

爆炸的迅猛之势让环目瞪口呆。

"新人大赛有必要做到这个地步吗？要是被卷进去了，可不只是受重伤那么简单啊……"

森罗大喊："所以我不是说了嘛，比赛中止！！"

男人好像故意嘲讽森罗似的，将手里的小瓶子颠倒了几下。然后他一边展示手里的空瓶，一边对森罗说道：

"森罗……如果你非要做英雄不可的话，就试试看把这里所有的人都救出去吧。"

黑色粉末慢慢扩散，弥漫了整个楼层，将森罗他们团团围住。

"还是那个粉末……究竟是什么！！"

刚才那几名消防队员看起来还没有恢复意识。

森罗急躁地说道："可恶！！"

烟卷里飘出的烟雾扭成了"Bye"的字样，男人随即背过身去。

"再见了，恶魔。如果你有意，我Joker可以允许你做我的同伴。好好干吧。"

"这个粉末，是什么……"

亚瑟他们好像还没有意识到粉末的危险。

"咱们赶紧从这里逃出去！！要爆炸了！！"

第7章 英雄的成功

森罗用肩膀扛起两名失去意识的队员，目测了一下到窗口的距离。要想全员逃生的话，来不及从那里出去了。

"亚瑟！！把天花板打穿！！我们从上面逃跑！！"

"只有美丽的公主才有资格命令骑士！！"

亚瑟抱怨道，接着挥剑在天花板上完美地切出了一个三角形。可是不知为什么，天花板没有掉下来。

"哼，切口过于完美，都不舍得掉下来呢。"

亚瑟沉浸在自己的才华之中无法自拔。环抓着他的肩膀，走上前去。

"闪开！我要打穿天花板了！"

话音刚落，腰上的尾巴就猛力地朝天花板伸去。

"哈啊啊啊啊啊！！"

火焰从环的腰里喷泻而出，天花板顷刻间被吹上了高空。

"你们俩也抓住我！！"

森罗两肩扛着昏厥的队员，飞速地奔向亚瑟和环。

此时，爆炸开始在大楼内此起彼伏地上演。二人紧紧抓住了森罗的腰。

"哇啊啊啊啊！！"

森罗肩负着五个人的重量，难以提速。尽管如此，他还是咬着牙，加大火力，奋力冲向天花板。

（要救出所有人！哪怕只能减少一名火灾受害者！！）

就在森罗经过三角形空洞的时候，伴随一声巨响，大楼的最上层爆炸了。

"英雄……还是恶魔……"

抱着四个人全速逃离大楼的当下，森罗的脑海中又闪过了男人的话。

"可恶！！我可是消防官！！"

森罗叫喊着，加快了速度。这时，迄今为止最

哪怕只能减少一名火灾受害者！！

（哇啊啊啊啊）

猛烈的爆炸发生了，冲击波和火焰径直冲向他们。

强大的冲击力将亚瑟和环推开。

"亚瑟！猫女！"

"救命！"

环拼命地挥动着胳膊，而亚瑟却自暴自弃地闭上了眼睛。

到底要不要去救亚瑟和猫女——正当森罗犹豫不决的时候，第1队的大队长轻松地从他的头顶上方飞了过去。

"班兹大队长！！谢谢您！！"

火焰在班兹的右眼眼罩上窜动着。他一把接住环，转头看向森罗。

"你负责把他们两人安全送回地面上。"

"是！！"

森罗落地后，孤身一人的亚瑟向班兹问道：

"那我呢？"

"对不起。我可不是在天上飞着呢。"

班兹答道，然后指了指地面。

"看下面。"

"嗯？"

亚瑟向地面望去。

"亚瑟！！这里！！"

樱备大队长张开双臂正等待着他。

亚瑟心想：不，这绝对不可能。这时，火绳不知道从哪里拿来了一张防水布。

茉希也跑过来帮忙。他们三人将防水布展开，随后樱备又朝着亚瑟喊道：

"别害怕，亚瑟！！拿出第8队的精神来！！"

"什么拿出第8队的精神，我只是在自由落体罢了。"

亚瑟抱怨道。他把自己托付给重力，接着从防水布的上面狠狠地跌落到地面上。

在他旁边，班兹大队长抱着环上演了一出堪称完美的落地。

"好痛。"

虽然撞到了脑袋，但所幸没有受伤。亚瑟望着茉希的脸说道：

"真庆幸，大家都是肌肉狂人……"

"你说谁是独眼巨猩呢？"

茉希愤怒地抽走了亚瑟身下的防水布。

"好痛！！"

这一次，亚瑟被彻底摔到了地面上。

那名身材硕大、正漫天撒播火焰的第2队新人正在崩塌的瓦砾中间东跑西窜。

"哇哇。"

一盏巨大的探照灯眼看就要砸到他头上。

新人的身体不听使唤，"火好可怕，这个也好可怕……"

第2队的大队长头顶喷着火焰，飞到了新人的跟前。

"本田大队长！！"

本田将燃烧着的头用力撞向探照灯，一记头槌，探照灯被撞飞了。

一片骚乱之中，森罗在离建筑物稍远的地方着陆，随即一屁股坐在了地上。

他目送着受伤的队员被抬走，长长地叹了口气。

"我们队的环好像给你添麻烦了。"

班兹大队长从身后走了过来，对森罗说道。

环在一旁逞强道："我自己一个人也能逃出来。"

"你是森罗队员吧。谢谢你。"

森罗抬头看向班兹，想起刚才那个男人的话。

"开始怀疑特殊消防队了吗？"

男人如是说道。的确，关于十二年前的火灾，消防队或许隐瞒了什么。如果相信他所言，那么弟弟小象现在应该还活着。可那……

森罗百感交集地答道："谢谢您看得起我。"

"森罗，没事吧!? 伤得不重吧？"

樱备大队长跑过来，抚摸着他的头。

"我看到咯！你救了四个人呢！真是大英雄啊！"

"啊，谢谢！"

森罗面露羞涩，但他心里隐约产生了一丝疑惑。

如果特殊消防队有什么秘密，那么樱备大队长也应该隐瞒了什么……？

班兹开口："那么告辞了。"

经过樱备身边时，他又低声说道：

"你有个好部下啊。"

说完，走开了。

建筑物四周，灭火工作正在持续进行着。周围只剩下他们二人，森罗望着水汽腾腾的大楼开口道：

"樱备大队长……我在里面遇到了一个可疑的男人。他能操纵诡异的粉末和爆炸。"

樱备震惊地看着森罗。

"前些日子火灾现场的坍塌……跟那时候的爆炸十分相似。那个男人好像知道些什么。关于十二年前我母亲离世的那件事也……特殊消防队是不是在隐瞒什么？"

森罗越说越激动，他转身面向樱备继续逼问道：

"我是为了保护大家才成为消防官的！消防官真的是与火焰带来的恐惧作战的英雄吧？"

"没错……但是，虽说都叫特殊消防队，可组织内部并非全是一条心。"

樱备没有逃避问题，他面色沉重地说道：

"我来告诉你第8队成立的理由吧……"

一个阴暗的房间里，柜子上堆满了大量的书籍、令人毛骨悚然的标本和怪异的实验器具。

房间深处，新人大会时在帐篷底下坐着的那名白衣男子面朝桌子，一边盯着小瓶中的黑色粉末，一边得意地笑着。

这时，另一个男人进来了。白衣男子闻声抬起头。进来的是和森罗交锋过的那个戴黑帽子的人。

白衣男子问道："怎么样？轻而易举就逃出来了？"

戴帽子的男人叼着烟卷微笑道：

"啊。有你准备好的通道，小菜一碟。"

"我稍微调查了一下那个恶魔所在的第8特殊消防队。"

白衣男子说着，视线落在桌上的那叠资料上。

"大队长秋樽樱备。消防士时期曾两次获得荣誉勋章，又被撤销了两次。撤销的理由是违抗指令、优先救人。"

　　"不错嘛。好坏暂且不论，总归是消防士的榜样啊。"

　　黑帽子的男人用毫无感情的声音说道。

　　"不管靠山是谁，这第8队可以说是仗着樱备的人品和名望组建的。和其他队的性质不同……有趣得很。"

　　白衣男子说着，脸上浮现出一个意味深长的笑容。

第8章 第8队的使命

"新闻到此为止。今天'天照'运转正常。祝大家有美好的一天！拉托姆。"

播音员双手合十，新闻结束了。樱备关掉电视。

"果然没有关于昨天事件的报道……"

新人大赛到头来还是中止了，特殊消防队决定对那名入侵者展开调查。

根据森罗和环的报告，消防队制作出那名被称为"Joker"的诡异男子的画像。然而特殊消防队似乎并不打算将此事告知全国上下。

"特殊消防队果然在隐瞒着什么吗？"

森罗脸上顶着创可贴，直直地盯着樱备。昨天因为灭火和审讯工作过于繁忙，所以两人没能好好谈谈。

"接着昨天的话题，我是为了成为英雄才做特殊消防官的。特殊消防队真的是为国民而战的组织，对吧？"

"先从特殊消防队的成立说起吧。"

樱备没有回答森罗的提问，而是从基础的部分开始谈起。

"你应该知道，特殊消防队原本是从三个组织中招募成员后成立的。"

森罗点点头。三个组织就是指圣阳教会、东京军以及消防厅。

"表面上看，消防队跨越了组织的边界，互相协作。其实并不见得，各方势力强弱各有不同。第1队是占主导地位的圣阳教会，主要由来自教会的队员组成。第2队直属于东京军，军队的特质十分强烈。到了第5队，虽然名义上以东京军为主导，实则由作为国之命脉的灰岛重工掌握实权。"

森罗满脸写着困惑，"灰岛？为什么灰岛会有那么大的影响力……"

"我们所使用的装备统统来自灰岛。没有灰岛，特殊消防队就无法运转。灰岛垄断了装备生产，手握着巨大的资金和特权。"

樱备耐心地解释道。

"当然，各队都以对焰人镇魂和查明人体起火现象的原因为己任，为国民而战。但是，活动中取得的情报并不会被分享，而是由各队单独管理……其中或许就包含与人体自燃的真相相关的信息。我一直相信组织是正义的，但难保部分队伍不心怀鬼胎。正因为无法完全信任，所以我也对特殊消防队心存疑窦。"

森罗向前探身，继续追问道：

"那么我们第8队的目的是什么？"

"我们第8队……"

樱备闭上的眼睛猛地一睁，直视着森罗答道。

"是由消防厅一部分值得信赖的成员推举我为大队长后，强行组建的队伍。目的是调查第1到第7队，逐步接近真相。"

"您的意思是！！"

"特殊消防队应该已经掌握了'焰人化'的原因，但是某人出于某种考量隐瞒了这个情报。这是作为消防厅的普通消防士所无法掌握的……我要找出这个原因，拯救大众！"

"请让我也协助调查！"

森罗看着樱备激动地恳求道。

（只要追随着大队长，就能解开人体自燃的谜团……也就能接近失去妈妈和小象的那一天的真相！！）

森罗坚信。

"谢谢。不枉我叫你来第8队。"

樱备微笑着说。

"我们队刚成立不久，还只有六名队员！！"

六名意味着远不及其他队伍的规模。

也是，教会也是破破烂烂的……森罗心想。

"对不起，打扰你们谈话了。"

火绳插话道。

"这家伙，连个中队都没有还称什么火绳中队长？啊哈哈哈！！"

樱备指着火绳放声大笑。

很可笑吗？就在森罗思索的当下，樱备拍了一下火绳的肩膀，面色突然凝重起来。

"真的，很有趣……"

"这话还是留给你自己吧，别认输啊。"

火绳面不改色地劝慰道，接着开始报告。

"关于 Joker 在训练设施内飞撒的粉末成分分析结果已经出来了。主要成分多半就是'焰人'的灰烬。"

"那个粉末是……'焰人'的灰烬……"

森罗大吃一惊。"焰人"也曾经是人类。用他们的灰烬……

"什么……"

樱备脸色骤变，后槽牙被咬得咯吱作响。

"竟然用死者的遗体……真是歪门邪道……"

（总之，还是没能说出弟弟的事情……）

回归公务的森罗叹着气坐回自己的座位上。对面的亚瑟眉头紧锁，满面愁容。

"呃……"

森罗禁不住开始抱怨："你这家伙，做文书工作的时候能不能不要顶着一张死人脸！搞得我也很扫兴。"

这时，桌上的电话铃响了。那是一台拨号盘式的黑色电话机。亚瑟立即摘下听筒。就在大家认为他会好好应答的时候，只听见……

"我乃卡梅洛城之主亚瑟·波义耳是也。有何事禀报？"

亚瑟用一副居高临下的口吻胡言乱语道。坐在旁边的茉希急忙抢过听筒。

"冒犯了。这里是第8特殊消防队。啊，是的……"

"呃……"

亚瑟黯然神伤，又恢复成一张死人脸。森罗看着他，想问的话到了嘴边。

"那个。"

森罗搭话道。

"什么事？"

"你为什么要当消防官？"

"因为我是骑士。"

亚瑟一副理所当然的神情答道，接着扑哧一声笑了起来。森罗随之失去了追问下去的欲望。

"喂，你们俩，刚才来电话了。"

茉希叉着腰，注视着两人。

"据说有只小狗爬到树上下不来了。能不能去把它救下来？"

亚瑟答道："救狗？这不是特殊消防官的工作，应该是普通消防士的职责吧！"

茉希耸了耸肩。

"常常有分不清消防官和消防士的电话打来。反正你们俩的文书工作也毫无进展，剩下的部分我会负责的。"

"好的！我去去就回。"

森罗站起身，心想：管他是狗还是猫，别在这儿胡思乱想了，还是为了谁活动一下筋骨比较好。

"以我的'能力'，从树上下来岂不小菜一碟。"

最后，拼命想要远离文书工作的亚瑟也跟着去了。二人一起出发去现场。

他们走在公园里的一条长长的林荫道上，

"消防士，这里，在这里！"

一棵大树下，公园的管理者正在朝他们招手。

森罗顺着树干向上看去，脸上顿时露出一言难尽的神情。

"那个，与其说是狗……难道不是小守吗？"

紧紧抱着一个粗树枝的，正是119中长着大叔脸的小守。

面对如此奇妙的景象，森罗一脸茫然。"哎呀哎呀"，小守可怜巴巴地在树上嘟囔着。

森罗从脚底喷射出火焰飞了上去，他抱起小守，回到地面上。

"谢谢。"

"你……你为什么会在那个地方？"

小守一脸无助地答道：

"我在商店街做活动发气球，结果被附近的大学生抛了上去。"

森罗震惊道："他们为什么这么做……"

小守说出了一个令人意想不到的答案。

"你还记得那个连环杀人的消防士吗？"

"欸？"

哎呀哎呀

119的
小守

这不是
小守
吗？

"现在审理仍在继续……就是那个身为消防士，却杀了四条人命的快乐杀人犯宫本。他的事情发生后，国民对消防厅和消防士的不满与日俱增，有时就会像这样被捉弄。"

小守面容平静地说道。虽然他一向如此，但还是让森罗感到了一种奇妙的威慑力。

"那……那名消防士最后怎么样了？"

森罗问道。

"正好今天就会下判决，听说很可能因精神鉴定的结果而被判无罪。"

第9章　拥有自我意识的"焰人"

"被告人节男宫本，在消防士在职期间接连杀害四名无罪之人。"

法院里，法官正在宣读对快乐杀人犯宫本的判决结果。

"但鉴于被告人当时处于精神极度错乱状态，故需酌情考虑其量刑标准。因此，判决被告人节男宫本，无罪。"

宫本留着寸头，双手戴着手铐。听到判决下达的瞬间，他的嘴角隐约地浮现出一丝笑容。

"混蛋！这种人死不足惜！"

旁听席上传来遗属愤怒的叫喊声。

"你知道这个人渣杀了多少人吗？"

"消防士就可以被原谅吗？"

谩骂声劈天盖地袭来，宫本面无表情，内心却暗自笑着。

（哈哈！轻松！！轻松，真轻松。逃避法律制

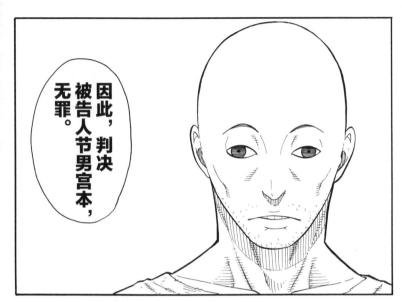

因此，判决被告人节男宫本，无罪。

混蛋！这种人死不足惜！

裁太轻松了。像我这样的消防士要是被判有罪的话，国家也会难堪。太轻松啦。）

宫本内心翻腾的思绪难以抑制，不由自主地兴奋起来。突然，火焰吞噬了他被手铐锁住的双手。

"呃啊啊啊啊啊啊啊啊啊！！好烫！！"

"什么？火突然……这是怎么回事？"

"变……变成'焰人'了？"

法院的工作人员惊慌失措。这时，火焰已经吞没了宫本的手肘，他尖叫着：

"谁来帮帮我！！灭火器！！毛毯也可以！哇啊啊啊啊啊啊啊！！快点！！快点！！"

就在宫本呼救、工作人员东跑西窜地寻找灭火器的时候，旁听席上一位失去亲人的男子指着宫本大声笑道：

"遭天谴了！！人渣！！太爽了！！太阳神显灵了！！"

"闭嘴！！"

宫本挥动双手，朝旁听席喷撒火焰。

"呀啊啊！！"

旁听席上的人东躲西藏。听着他们的惨叫声，本该化身成"焰人"、丧失自我的宫本开始放声大笑。

"啊哈哈哈。"

随后，他的上半身完全碳化，脸上只剩下鼻子和嘴巴，双手被手铐形状的火焰缠绕着。他怒吼道：

"我要宰了你们！！把你们统统杀光！！"

宫本不停地向四周喷撒火焰，一副乐在其中的样子。

"就是这样！！呜哈，就是这样！！"

最后，人们几乎都逃命去了。只有法官还留在那里。宫本一下子跳到他面前。

"喂，法官。你凭什么掌控我的生杀大权啊？！"

"我不是判你无罪救了你吗……"

法官瑟瑟发抖。宫本突然骑在了他的背上，用两手的火焰紧紧勒住了法官的脖子。

“闭嘴！！审判者应该是我！！”

森罗和亚瑟搭救了小守之后，顺便到商店街帮忙分发气球。

“你要气球干什么？”

“拿一个嘛，拿一个。”

（如果弟弟还活着，差不多就是这个年纪吧。）

应该是中学生吧。森罗目送着前来领气球、身穿学生制服的男生，顿时伤感了起来。

“‘焰人’出现了！！”

从街道对面传来似曾相识的广播和警报声。

“紧急车辆即将通过！！请让开一条通道！！”

“喂，怎么回事，紧急出动？！”

森罗手里攥着气球。他定睛一看，马路上飞奔着的火柴盒里传来了火绳中队长的声音。

“森罗！！亚瑟！！你们在这附近吗？！竟然擅离职守！！回来后，我要把你们操练得腰都直不起来！！”

“欸？！”

森罗和亚瑟异口同声地答道。好像他们是翘班偷跑出来似的。

火柴盒里，茉希一脸慌张地向两人道歉。

"两位，对不住了，对不住。我没敢说是我叫你们去的……你们叫我做什么都行……我请你们吃拉面，饶了我吧……"

"喂，他好像生气了。完蛋了！"

森罗焦急地说道。

"哼，看起来是的……"

亚瑟嘴上逞强，身上却吓出一身冷汗。

"小守，对不起。剩下拜托你了！"

森罗把剩下的气球递给小守，点燃了脚底的火焰。

"亚瑟，那我就先走了！！"

就在森罗准备一飞冲天的时候，亚瑟一把抱住了他的腰。

"啊！！你在干什么？"

"把我也带上。"

亚瑟用理所当然的口气说道，顺势爬上了森罗的后背。失去平衡的森罗在空中蛇行游走，紧跟着火柴盒的脚步。

"放开我，笨蛋骑士！！"

"宝马，走直线！！"

"我才不是马！！"

不知不觉地，亚瑟早已像骑马一样骑在森罗的背上，并从后面抓住了他的衣领。亚瑟目视着前方叫嚷着：

"走吧，阿银！！"

"你这家伙……真是……真是……"

森罗气得说不出话来，但他又无法停下，只好继续低空飞行，追赶火柴盒。

火绳发现了出现在驾驶席侧面的森罗。

"森罗！亚瑟！你们在搞什么！这是在公路上！！"

"比……比起这个，有焰人出现是吗……"

火绳抑制住怒火，命令道：

"法院里那个杀人的被告变成了'焰人'！现在正在袭击民众！你们直接赶去现场！！"

森罗想起刚才从小守那里听到的事情。那个杀人的被告，应该就是宫本。

"救人第一！"

"遵命！！"

话音刚落，森罗背着亚瑟，加速向高空冲去。

"呀啊啊！！"

"快跑！！"

"要过来啦！！"

法院门前，人们正慌乱地四处逃窜。

宫本把右手戳进律师的嘴里，一路将他拖行至法院门外。他的脸好像火盆一样，火焰不停地燃动着。

"放……放开我！我是你的律师。是你的友方啊！"

律师面色苍白地恳求道。

"里面很危险。请大家到外面避难。"

宫本用消防士引导民众时的口吻说道。他好像突然想起了自己曾经的身份：

"是啊……我作为消防士，就是这么救人的。"

说罢，低头看着律师。

"你的命是我救的。也就是说，你的命就是我的了吧。"

"欸？"

律师害怕地发抖。

"按理来说，我可以随意处置你对吧？"

宫本说着，舔了舔嘴唇。

"住手！！"

低空高速飞行的森罗将宫本一脚踢飞。

由于反作用力，亚瑟被甩了出去，滚落到和宫本同一方向的地面上。

"怎么回事……"

宫本一头雾水地站起身，还没等他抱怨完，亚瑟的一记里拳封住了他的嘴巴。

"啊！"

被击中面部的宫本向后方滚去。

"怎么回事……"

就在他快要起身的时候，森罗的飞踢和亚瑟的拳头又一齐袭来。

"啊！！"

三起三落后，宫本终于挺直了身子，大声嚷道：

"你们突然要干什么啊！！"

"就因为你，小守才被抛到了树上'咿咿呀呀'地没完！！"

亚瑟攥着拳头怒回道。

"没错！"

森罗立即帮腔道，说完他才意识到不对劲。

"欸？重点是这个？不是杀人吗？"

"原来如此。你们是特殊消防官啊……那个打着救人招牌的杀人集团啊……"

宫本轻蔑地笑着。

"真好啊……真狡猾啊……"

"救……救命。"

一名前来旁听、还未来得及逃跑的女子全身瘫软地坐在地上，向森罗伸出手。

宫本发现了她。

"那帮家伙可不是来救你的！！是来杀我的！！"

他右手画了一个大火圈，冲着那名女子丢了过去。

森罗和亚瑟距离太远，来不及救她！

火圈快要击中女子的前一秒，茉希终于抵达现场，挡在了前面。

"我们是来救大家的！"

她将宫本的火焰化成了一个火球，飞了回去。

"扑哧扑哧小慧星！！"

长着浑圆双眼的巨型扑哧扑哧朝宫本扑了过去。

然而，宫本一拳击向扑哧扑哧的正中心，火球灰飞烟灭了。

"扑哧扑哧小慧星！！"

茉希痛哭流涕地叫嚷着。

这时，樱备和火绳一同赶到了现场。

樱备问："怎么回事，那家伙？！还拥有自我意识?!"

"如果有对生的执着和强大的意志力，就会保留生前的性情……但这种程度的还是第一次见。"

火绳神情严肃地答道。

"这家伙无路可逃了……"

第8队的队员包围了法院门前的广场，宫本举起两手，一副准备放弃抵抗的样子。

"知道了，我投降。"

"什么……"

宫本出乎意料的举动令森罗十分震惊。他继续嘲讽一般地高举着双手，说道：

"如果你们不是杀人集团，就会放过我对吧？"

"别开玩笑了！你知道你杀了几条人命吗！！"

刚才那名女子情绪激动地大喊，然而宫本没有理会，他接着说：

"法院已经判了我的无罪。你们是不可能杀了我的，对吧？"

森罗忍住了怒气。

砰！

广场上响起了枪声，宫本的头被击碎了一块。

火绳端着枪，一边连射一边向宫本靠近。他冷冷地对正举着胳膊遮挡子弹的宫本说道：

"很遗憾，我不是可以饶恕你这种人渣的烂好人。"

"哇哈哈哈，果然就是杀人集团嘛！！别装好人了！！"

宫本狂笑着喷出火焰。就在火绳躲闪的瞬间，他使出惊人的弹跳力，逃离了广场。他双手喷射着火焰，向高空飞去。

"哈哈哈哈！就像你们杀害'焰人'一样，我也要杀光你们人类！！"

"樱备大队长！"

森罗看向樱备。

"森罗！追！能追上他的只有你。"

"可是……那家伙，还有自我意识……"

接到命令的森罗有些犹豫。普通的"焰人"是没有自我意识的。可宫本显然还残存着意识。他和

知道了，

我投降。

如果你们不是
杀人集团，
就会放过我
对吧？

什么……?!

?!

（砰）

对吧？

法院已经判了我无罪。
你们是不可能
杀了我的，

别开玩笑了！
你知道你杀了
几条人命吗
!!

（啪）

人类一样。

然而，樱备没有改变命令。

"我理解你的心情……但那家伙已经不是人类了。"

"大队长。"

火绳朝樱备举起手掌，打断了他。然后他目不转睛地看着森罗，继续发令道：

"森罗……不要听信他的话。处理掉他。"

森罗的表情紧张了起来。

"好！！去吧！！"

"是！"

火绳拍了一下森罗的后背，森罗立即向空中冲去。

（处理掉……把还有自我意识的那个人……）

森罗很挣扎，但如果不去做，就还会有人平白无故地牺牲。

樱备一面目送着去追赶宫本的森罗，一面对火绳说道：

"火绳……对不起……"

毕竟火绳替他下达了那个最终的命令——处理掉还残存着自我意识的"焰人"。

火绳望着森罗离去的天空答道：

"没关系……请您一直当我们的光明就好。"

第10章 英雄与公主

"是……是'焰人'！！"

"呜啊……啊……"

宫本在电器街的中心降落，周围顿时陷入了恐慌。

"这个市区就像一个玩具箱一样，从哪一只开始玩起呢？"

宫本兴致勃勃地环视着路人惊恐不安的样子，将目光落在一位少年的身上。

"嗯？嗯？"

那位少年穿着学生制服，约莫中学生的年纪。他背着一个大书包，额头上用创可贴贴成一个十字。

"欸？'焰人'？！"

男孩好像还没弄清楚是怎么一回事，呆呆地站在斑马线上。

宫本一步一步慢慢地向他靠近。

"就是因为年轻，毁掉的时候才会格外痛快。不过，他看起来一碰就会碎啊。"

男孩吓得双脚不住地颤抖，动弹不得。

就在宫本准备将缠绕着火焰的右手伸向男孩时，森罗跳了下来。他二话没说，给了宫本一记猛烈的飞踢。

嘭!

"呃!"

宫本的身体飞了出去，重重地撞在停靠在马路边的汽车上，不动了。

"没事吧，这里很危险，快点离开。"

森罗让男孩向后退。

"嗯……嗯!"

宫本终于站了起来，开始咒骂道：

"你敢妨碍我找乐子。你知道我当消防士的时候救过多少人吗？现在变成'焰人'，杀几个人算什么?!"

真是充满自私的诡辩！

森罗回嘴道："你当消防士的时候不也杀人了吗？"

宫本背过身，说道：

"你连加减法都不会吗？蠢货！明明救的人更多啊，你个白痴。"

说罢，熊熊烈焰喷涌而出，汽车被掀翻在地，冲向了人行道上的行人。

"再减去二？不对，减三吧？"

森罗立即挡在车前，怒视着宫本说道：

"你就是个卑鄙的人渣。"

"你想挡住那辆车吗？哈哈哈，就凭你那骄傲的飞踢吗？欸？可以的话就试试看吧。"

面对迎面而来的汽车，森罗想起了往事。

那是妈妈和弟弟还在身边的幸福时光。

森罗最喜欢的就是电视里的英雄，他总是爬到沙发上，练习踢腿，并取名为"森罗飞踢"。

自那时起，飞踢就是森罗的必杀技。

森罗计算好与汽车之间的距离，抬起左腿，朝正上方狠狠地飞了一脚。

汽车立刻向高空飞去。

"什……"

宫本不可思议地惊叹道。

"什么?!"

紧接着,森罗追逐着汽车的方向一跃而起,在空中又追加一记飞踢,汽车朝着宫本的方向跌落下去。

汽车在眼前坠落。目睹了这一切的宫本瘫坐在了地上。

"怎么回事,这家伙……"

如此轻而易举地就能将一吨多重的汽车踢飞。在"焰人"看来,这威力非同寻常。

"怎么回事,你……"

宫本抬头看着站在车上的森罗,说道:

"恶……恶魔。"

"错了。"

森罗从车上站起来,掐着腰挺胸说道:

"我是消防官。"

有一伙人正在高楼上面观察着森罗与宫本的战斗。

他们穿着围着蓝线的防火服，应该是特殊消防队的人。

"从新人队员身上观测到两次安德拉爆炎反应……"

一个尖头男子手持着一台类似集音器一样的机器，正在向身旁褐色皮肤的女人报告。

"原来如此，飞踢在撞击时会爆发出超群的威力。那个新人果真厉害。"

女人笑着说道。她蓝色的瞳孔中绽放着十字形的粉色花瓣。

"不过有自我的'焰人'……就这样被消灭实在太浪费。我们去回收。"

森罗回到地面上，他吟诵着镇魂的祈祷之词，向宫本走近。

"火焰乃灵魂之吐息……黑烟乃灵魂之解

放……"

"等……等一下！稍等一下。"

瘫坐在地上的宫本拼命地叫喊着。

"虽然没有修女的祈祷，但对你来讲足够了。灰烬归于灰烬……"

森罗不顾他的叫嚷继续祈祷着。

"我虽然变成了'焰人'，但还拥有和人类一样的自我。我一直都在忍受着身体燃烧的痛苦。你知道吧？我也害怕死亡啊。起码最后让我死在修女安静的祈祷中吧……好吗？"

宫本喋喋不休地恳求道。森罗有些吃惊，他叹了口气，停止了祷告。

"真没辙……修女们现在应该正在赶来。你先老老实实地忏悔吧。"

"啊，我会照做的。哎呀，你可真厉害。这就是所谓的第三代消防官吗？"

宫本手扶着膝盖，踉踉跄跄地站起来。他发现等待修女的森罗正将后背对着他，于是一边说着一边走近。

"下次重生的时候，我也要成为像你一样的人。"

宫本的手向森罗逼近。

就在这时，森罗转身一个回旋踢，宫本的右手被踢飞了。

"呜啊，我的胳膊！"

"无药可救的人渣。"

"可恶！！为什么这小子要害我！！算什么英雄！！还说要拯救人类！！"

面对着大吼大叫丝毫不知悔改的宫本，森罗怒声道：

"吵死了！！闭嘴吧！！我这就给你镇魂！！"

森罗刚准备继续进攻，突然粉色的花瓣飘然落下。那好像并不是普通的花瓣。似乎每一瓣都在发热。

森罗愣住了，一名身穿蓝线防火服的女人优雅地降落在他眼前。

她有着褐色的皮肤和淡粉色的头发，手执一把大扇子。

"蓝线……消防官?！"

女人叉着腰，展开的扇面上端火焰正上下蹿动着。

"我是第5特殊消防队大队长，公主火华。这名'焰人'就交给第5队处理了。"

"第5队的大队长……？"

森罗一时哑口无言，不一会儿，抵达现场的第5队队员们就制服宫本，把他铐了起来。

"突然这是在干什么！放开我！！"

宫本叫嚷着。他被穿上了特制的拘束服，无法抵抗。

"带走。"

"是！！"

火华一声令下，队员们正准备把宫本带走。

森罗急忙叫住了他们。

"稍等！他由我们第8队镇魂！！你们横插一脚是什么意思！！"

"我可是大队长。你要违抗我吗？"

"你不是我的上司！！"

森罗寸步不让。火华瞪大了眼睛，蓝色的双眸瞬间被染成了粉色。

突然，森罗感到一阵头晕，他双膝着地，直直地倒了下去。

"欸？"

对于发生的一切，森罗一无所知。他只觉得头晕目眩，视线逐渐模糊。

"抓住他。"

这时，不知道从哪里冒出来三名女消防官。她们戴着黑色太阳镜，身穿的防火服虽然也围着蓝线，却是紧身的。

"第5队的三天使参上！"

森罗被这莫名其妙的集团制服住了，但脖子尚且能动，他怒视着火华。

"可恶……你想干什么！？"

"第8队的小喽啰沙砾。沙砾就应该有沙砾的样子，乖乖在地上趴着。沙沙沙沙地叫个什么。你只要在被我踩着的时候哭出来就行了，小沙砾。"

火华痛快地说道。她俯视着森罗，将高跟鞋抵

在森罗面前。

"给我舔。"

森罗趴在地上，微微低下头。

"我身为二等消防官，就对大队长无礼一事向您道歉。对不起……但你们第5队的做法，有点太蛮横了吧？"

"我说给我舔。"

火华没有理睬森罗，她又重复了一遍刚才的话。

"我在认真跟您讲话！！"

森罗大声说道。这时，一名少年走到火华身后待命的消防官前面。

"那个人救了我！你不要伤害他！"

是森罗从宫本手里救下来的那个穿学生制服的男孩。

"少碍事。滚开。"

一名金发队员鼓起一个橡胶气球一样的东西，将男孩撞倒在地。

"喂！"

趴在地上的森罗喊道。

"消防官是保护国民安全的！！你们第5队想干什么！！"

一名正压着森罗的消防官一边笑着一边凑到他耳边说道：

"一个小鬼摔了个屁墩儿而已，又不是要烧了他。"

这句话令森罗怒火中烧。

"别开玩笑了！！"

迅猛的火焰从森罗的双脚喷射出来，他倒立旋转着，刚才按住他的几名消防官被硬生生弹飞了出去。

熊熊燃烧的烈焰之中，森罗低沉的声音回响着。

"你拿烧小孩这种事开玩笑吗？"

"唔。"

火华看见如此猛烈的火势，不由得惊叹了一声。

"让我教教你们什么是消防官。"

森罗霍地站起来，怒视着火华。

"放马过来，第5队！！第8队二等消防官森罗日下部，做你们的对手。"

第5队的消防官们为保护火华将她围住。

"真有趣。"

火华答道。森罗喷射出火焰的瞬间，一阵刹车声响起，第8队的火柴盒在两人之间停下了。

"森罗！！"

樱备从火柴盒上下来，看到了火华和她的队员。

"第5队？"

樱备低声道。

"你们在这里做什么？"

"还残留着自我意识的'焰人'十分罕见。就这么处理掉实在太可惜了。交给我们第5队吧。"

火华答道。

"这里是第8队的管辖区。你们是不是有点多管闲事了？"

樱备表情严厉地质问道。

"'焰人化'那一刻起，户籍上就已经按照死亡处理了，镇魂后尸体也化为灰烬。那么，直接把身体交给我们管理又有什么问题？而且，我听说新成立的第8队还没有科学组呢。这么难得的样本……由第5队带回去调查，不是更有助于查明人体自燃之谜吗？"

听完了火华的长篇大论，樱备稍稍思索了一会儿，说道：

"你的调查结果也会分享给我们吧？"

"那是当然。"

对于这谎言一般的回复，樱备没有再追问下去。他向火柴盒走去。

"撤退。剩下交给第5队处理。"

"但是……"

森罗虽然不满，但不得不服从大队长的决定。他瞪了火华一眼，正打算撤退的时候……

"逊毙了。"

第5队的一名年轻队员一边吹着泡泡糖，一边

故意大声说道。他是第三代能力者、二等消防官透
岸理。

"啊？！"

亚瑟回应道。他把头发扎在头顶，露出了
额头。

"第8队的大队长。"

透点燃一团火，嘭地炸毁了从嘴边飘离的泡
泡，然后继续说道：

"不就是条没能力的杂鱼吗？逊毙了。"

"你说什么！"

亚瑟步步紧逼，

"找打吗，啊？！"

森罗揪住透的前襟。

"森罗！！亚瑟！！"

茉希急忙前来劝架，然而透再一次挑衅地
说道："大杂鱼长的部下沙沙地嚷个什么，二等
杂鱼！！"

场面一度失控。

"不耐火的人不懂得纵身火海的勇气吧！！"

森罗唾沫横飞，激动地说。而第5队的队员嚼着泡泡糖，轻蔑地答道。

"怎么可能懂！我可是第三代。"

"森罗！！冷静点。"

茉希奋力将两人向后拉开，可森罗和透依旧争论不休。

"我绝对要把你揍飞！！"

"你试试啊。杂鱼8队大杂鱼手下的二等杂鱼。"

"喂，快点上火柴盒！！"

"真是的。什么第8队，逊得要死。"

"喂，你？"

茉希冲着一边冷笑一边吹泡泡的透说道。

"嗯？！"

透转过身来，茉希的拳头渐渐向他的胃部逼近。接着，一个急转圈，茉希以爆发般的力量一拳击在透的身上。

嗵，一声闷响，透鼻涕眼泪横流地倒了下去。

茉希开心地往回走，这时火绳站出来拦住

了她。

"茉希……"

茉希停下脚步。火绳目不转睛地盯着她，突然竖起了大拇指，说道："没少费心呢？"

茉希也竖起拇指回应。

樱备站在第8队队员的面前，叹气道："真拿你们没办法。"随后露出了一丝笑意。

"谢谢！"

"樱备啊。"

火华叫住了他。

樱备转过头，火华用意味深长的语气说道。

"作为一介消防士，我劝你还是别陷得太深为好，要不然以后灭掉的不是火，是你自己了。"

"原来如此，有人嫌弃我烟气重啊……"

樱备闭着眼睛低声说道。

"不过……"

第8队围在樱备身边，眼神坚定地看着火华和她的队员们。

"第8队的火焰可没那么容易扑灭。"

火华被樱备的话震慑到了，她转过身，向队员下令道。

"第5特殊消防队，收队！"

森罗和队员们各怀所思，目送着第5队的火柴盒在夕阳的余晖中离去。

小说作者

绿川圣司

　　生于大阪。双子座AB型血。凭借作品《晴天就去图书馆》获得第一届日本儿童文学协会长篇儿童文学新人佳作奖，并从此出道。主要作品有《书本怪谈》系列（POPLAR社）、《猛兽学园！动物恐慌症》系列（集英社未来文库）等。

原作漫画家

大久保笃

　　漫画家。处女座B型血。主要作品有《噬魂师》系列（GANGAN漫画）、《炎炎消防队》系列（讲谈社漫画杂志）等。

译者

杜妍

　　自由译者，社会学博士在读。狮子座O型血。译有《古典乐的盛宴》等。